GAEA

筆世界 vol. 1
莎翁之筆
戚建邦——著

筆世界 *vol. 1*

莎翁之筆

目錄

GOOD FREND FOR IESVS SAKE FORBEARE
TO DIGG THE DVST ENCLOASED HEARE
BLESTE BE Y MAN Y SPARES THES STONES
AND CVRST BE HE Y MOVES MY BONES

朋友，看在上帝的情分上，
　　　千萬別掘此墓，
　　　動土者將受災，
　　　保護者會得福。

——莎士比亞（*William Shakespeare*, 1564-1616）墓誌銘

ch.1 逸仙直銷

「如果能夠隱形的話，我會做什麼？」

這是個在我很小的時候就曾幻想過的問題，相信也有不少人問過自己這個無聊的問題。當年幻想自己可以隱形時，我的身分是一名發情的青少年，幻想隱形的理由當然就不外乎是跑去心儀女孩的家中偷看。倒也不是一定要偷看人家洗澡，畢竟發情的青少年也有純情之處，所以幻想中如果能坐在女孩的臥房床邊，默默看著人家睡覺就已經很感動了。不過後來看了一些電影，發現較爲寫實派的隱形能力通常必須脫光衣服才有說服力，畢竟沒道理隱形能力可以從血肉之軀擴展到身上的衣物。一想到必須裸體才能隱形，自然就想到裸體偷看人家洗澡之類的事情，只能說，青少年的想像力畢竟還是脫離不了幾個主題。關於年少時的幻想，我就說到這裡爲止。

年少的幻想有其限制。當年的需求不多，所以隱形的功能也沒想太多。隨著年齡增長，幻想的時間減少了，現實的問題卻越來越多。如果現在再問出社會的人隱形之後想做什麼的話，或許答案就很五花八門了。可能會有人想要偷點錢財，有人想要照點照片，甚至可能有人會想要利用隱形之便去毆打，甚至幹掉看不順眼的對象。不管你有什麼想法，幻想總是不切實際。當你有一天眞的獲得隱形能力的時候，你才會眞的了解隱形後所面臨的選擇及必須承擔的壓力；你才會眞的了解現在我所面臨的難題。

是的，當你跟我一樣可以隱形的時候，問題才眞的開始。

現在的我，十分苦惱。我苦惱，主要是因爲兩件事情。第一，失業；第二，失戀。我失業，是因爲老闆掏空公司、調查局查封公文、公司全額交割、進而私募資金、裁員、下市、再裁員、然後改名換姓、金蟬脫殼、併購，最後才是第三波裁員。我在第三波裁員中箭落馬，拿了一筆錢後瀟灑離職。當時我還挺慶幸，因爲至少還趕在公司發得出離職金的時候被裁，如果再晚一點，搞不好連錢都沒得拿。

只可惜當時我不知道，電視上常講的工作不好找眞的有那麼不好找。

於是幾個月過去了，我過著每天上網找工作、跑面試、等通知，然後始終等不到通知的日子。眼看坐吃山空，花錢如流水，車貸、房貸繳不完。就在存款逐漸乾枯的情況下，我又遇上了第二件惱人事，就是我的女朋友決定跟我分手。

或許你會和我的朋友有同樣大的反應，覺得這種落井下石的爛女人還理她幹嘛？但是愛情這種東西總是如此複雜，放了數年的感情，又怎麼能夠說不理就不理呢？於是我消沉、我買醉、我淚流滿面、我跟蹤騷擾，漸漸地，我都變得不認識我自己，也不知道自己在幹什麼了。

存款，即將歸零。

女友，早已不再。

而我，突然可以隱形。

手中握著三張黃紙，坐在內湖的一條巷道中，默默地看著位於巷口的「寶生銀樓」，心中掙扎著藉由隱形之便，我究竟能做些什麼。

事實上，我心裡最想要做的事情，還是偷偷跑去女朋友家裡，默默地坐在床前看她安穩入眠。我好懷念她的微笑，好想見到她的容顏。問題是，就算見到又怎樣？我還是個沒有工作的失敗者，府庫空虛的窮光蛋。沒有錢，我憑什麼去找人家，要求人家回到我身邊？憑什麼要人家託付終生？憑什麼說我有能力養她？社會是現實的，手裡握有鈔票，才有資格去談其他的事。

寶生銀樓……

我窮途末路，思緒不清。我不知道自己爲什麼會走到這一步，也不了解我怎麼可能會認眞地去考慮這種事。如果我只是個普通的失業人，我會想要偷東西嗎？如果我不能隱形，如果我沒有辦法確定自己不會留下證據，我會想來偷東西嗎？

沒有人會知道是我做的。這就是重點。就幹這一票，度過這次難關，然後再想辦法去找工作。不會有人知道的……

我想了很久，銀樓似乎是個完美的選擇。本來我第一個想法是去銀行，但是銀行的錢究竟放在哪裡？我隱形後就可以偷出來嗎？還是必須挾持經理，像電影情節一樣跟警方對峙？人人都說搶銀行，好像還沒聽過偷銀行的？打銀行的主意實在太專業了，不是我這種玩票性質的人辦得到的。銀樓才是好選擇。

寶生銀樓是內湖地區屬一屬二的銀樓。儘管店面不大、位置不佳，但是生意卻毫不含糊。除了做附近居民的生意之外，還跟內湖科學園區眾高科技公司合作，接點三節禮品或是客戶抽獎之類的案子，簡直已經邁向企業化經營。我曾經爲了挑選求婚鑽戒進去過一次，知道它除了擺在櫥櫃裡的金飾之外，裡頭還有倉庫。櫥櫃裡的東西一動，馬上就會被人發現，但是如果我在隱形的情況下偷偷溜入倉庫，或許就能神不知鬼不覺地帶出一些珠寶。也不需要多，只要帶個幾枚鑽戒，弄個幾十萬塊度過難關就好。銷贓？雅虎奇摩吧。可得連保證書、鑑定書一起帶著，不然不好賣。沒辦法，誰教我是業餘的？

路人隨手丟棄一根菸蒂。我看著地上還沒熄掉的香菸，很想走過去撿起來抽。我戒菸很久了，爲她戒的。現在既然壓力這麼大，她又已經不在身邊，抽一口應該無所謂吧？

我沒去撿，因爲戒菸是我爲她所做過最浪漫的事。破了菸戒，似乎就等於斷絕了我跟她所有復合的機會。或許你認爲戒菸沒什麼，你會說戒菸是爲了自己，不是爲了別人之類的……但是我可以很肯定地說一句，戒菸所需的毅力只比戒毒好一點點。如果有人肯爲你戒菸，那表示他一定很愛你。

我一腳踏熄菸蒂，朝銀樓走去。該來的總是要來。

快到銀樓門口的時候，我看了看四下無人，抽出一張黃紙，一張我本來並不相信，但是後來發現眞的有用的隱身符，一口吞下肚裡。接著我就消失了。

我來到銀樓門口，深深吸了一口氣……不要再拖了，隱形的效力只有十分鐘……

我遲疑了三秒，終於下定決心，戴上手套，伸手向大門推去。就在此時，銀樓突然傳來一聲沉悶的巨響，將我的理智帶回現實之中。

「搶劫，通通不許動！」

我聽見銀樓裡面傳來歹徒的吼叫聲，有如晴天霹靂，震撼了我的腦海。我探頭看了看裡面，大門兩旁都是展示櫥櫃，只有中央一道小小的走廊可供客戶行走。一名帶著墨鏡的歹徒手持手槍，站在走道上，正將兩邊櫥櫃後方的店員趕到同一邊去。

「想活命的，就把值錢的珠寶通通放到這個背包裡。」

我愣愣地看著，完全可以想像裡面那個持槍歹徒就是我自己。我搖頭嘆氣，心想自己打算做的事跟裡面這位究竟有什麼分別？偷跟搶有什麼分別？有風險跟沒風險有什麼分別？如果我能夠因爲沒被抓到而心安理得，那我跟人渣又有什麼分別？

我縮回推門的手，向後退開一步。接著不知道從哪裡來的本能與勇氣，我轉過身去，開始在街上尋找。很快地，我在斜對面一家商店前發現一台沒有熄火的汽車。我走到車前，看見司機滿臉橫肉，車門旁的地上滿是菸蒂。我認定此人是搶匪同夥，於是在地上撿起一塊石頭，就對著司機的腦袋砸下。本來我跟他沒有深仇大恨，根本犯不著出此暴行。但是我毫不容情地打了下去，只因爲我把他當作我自己，把打他當作對我自己的懲罰。想要不勞而獲搶銀樓？等我打醒你！

我走回銀樓門口，默默等待。

三分鐘後，大門打開，搶匪抱著鼓脹的背包衝入騎樓，我舉起手中的石頭猛力揮出，當場又將搶匪打得趴到地上。

我沒有留下來觀看結局。隱形的時間有限，我必須趕緊離開人潮擁擠處。我溜入小巷，等待隱形效果消失。再度看見自己的身體後，我穿越小巷，從巷子的另一邊出來，騎上專爲逃亡準備的機車，喘了幾口氣，然後發動車子，揚長而去。

我今天的行事曆中只有一件事，就是洗劫寶生銀樓。如今這件事沒有幹成，我現在應該沒事才對。不過在經過剛剛那種詭異的經歷後，我突然確定了接下來該做什麼事。我騎到內湖科學園區，來到陽光街跟瑞光路交叉口附近，停好機車，走入面前一棟辦公大樓。

這家辦公大樓本是屬於一家業務蒸蒸日上的電腦公司所有，不過一年前由於老闆掏空公司、調查局查封公文、公司全額交割、進而私募資金、裁員、下市、再裁員、然後改名換姓、金蟬脫殼、併購，最後在第三波裁員之後，終於將大樓給賣了。所以如今辦公大樓裡每一個樓層都分屬於不同公司。我的目的地在四樓，一家叫作「逸仙直銷」的公司。

我推開公司大門，向櫃台小姐說明來意後就到大門旁的小會議室裡等待，一切就跟幾天前來面試時的情況一模一樣。小姐幫我送上一杯熱茶，告訴我張經理過幾分鐘就來見我。我微笑點頭，跟她道謝，然後拿起茶杯就喝。

逸仙直銷……我竟然認眞考慮進入直銷公司上班，這不就說明了我有多絕望嗎？更別提他們的產品跟別家直銷公司比起來有多像騙人的了……

「唷，錢先生，不好意思，剛剛跟個客戶在談。」

一個腦滿腸肥的中年男子走入會議室，正是幾天前面試我的張經理。直銷這個行業裡個個都是經理，或是起碼擁有類似經理的頭銜，所以一開始聽到對方自稱經理，我也並不怎麼尊重。「張經理。」我站起身來，跟他握握手，然後又坐了回去。

「怎麼樣，錢先生。我們的產品試用結果還不錯吧？」

我豎起一根大拇指。「出乎我意料之外地好用。」停了一秒，又道：「老實講，我本來以為是騙人的。」

「我可以了解。所以你願意拿產品回去試，我就已經很高興了。」張經理說著，遞了一根菸過來。我猶豫片刻，搖了搖頭。他笑道：「不好意思，忘了你不抽菸。眞是太忙啦。」

我取出剩下的兩張黃紙，擺在桌上，推到他面前。「張經理，你們的產品眞的很好用，但是我想……我不能幫你們賣。」

張經理愣了愣，立刻又堆滿笑容：「怎麼了？既然有效，難道會不好賣嗎？還是你怕跟人家推銷隱身符會被當作騙徒？錢先生，說眞的，世道不好，自尊心值不了幾個錢。有工作做，就做了吧？」

我笑了笑，又搖頭：「不好意思，我沒辦法賣。因爲賣這種東西並不只是販賣隱身的能力，而是販賣誘惑，販賣罪惡。我身爲銷售員，自己都差點把持不住，怎麼可能要求客戶不要濫用產品呢？」

「你傻啦，我們沒叫你要求客戶呀。」張經理道。「產品出門就與我們無關了！客戶愛怎麼使用，那是他們的事情。」

我堅決搖頭，站起身來。「我辦不到。一個好的銷售員要對自己的產品負責。一家好的公司賣的是售後服務。是我們的產品就要負責……」

「我們又不是賣電腦……」

「我之前就是賣電腦的。」我說著伸出手掌，打算禮貌性地握個手後就要離開。

張經理遲疑片刻，隨即展開笑顏跟我握手。「既然這樣，我當然就不強人所難了。不過，錢先生，我可不可以問你一個問題？」

我點頭：「請問。」

「你……」張經理有點遲疑，彷彿不知道該怎麼問一樣。「你試用的東西是隱身符，貨眞價實的隱身符。難道你都不會有一種……驚訝的感覺？你都不好奇我們怎麼會有這種產品？」

我幾天前第一次試用的時候當然會感到驚訝，但是隨之而來的誘惑與抉擇很快地將我腦中的驚訝一掃而空。我苦苦一笑：「以前的我會很好奇。但是現在的我，萬念俱灰，即使好奇也不在乎。」

「這樣呀，但是……但是……」張經理點了根菸，繼續說道：「但是隱身符是一種擁有無限可能的東西。只要有了隱身符，你大可不必萬念俱灰呀。」

我想了想，搖搖頭：「做人還是要腳踏實地。你說隱身符有無限可能，說到底還不是作奸犯科？這樣說來，一把手槍也可以提供無限可能，但是我不願意去用，自然就與我無關，不是嗎？」

張經理聽出我語氣不屑，吐了口煙，正色道：「錢先生堅持己見，十分值得佩服。不過我希望你不要認爲我們沒有道德觀念。其實我是修道之人，這些隱身符都是我用法力一張一張加持而來的。我當然也知道拿來賣錢並不恰當，但是我的本意並不是想要賺錢。我只是想要藉由隱身符來推廣道術修行，讓社會大眾了解我們修煉界的存在與意義呀。」

我側過頭去打量著他，心想眼前這人是不是瘋子。不過既然隱身符是眞的，那他的話只怕也假不了。我不知該如何反應，只有說道：「修煉界……爲什麼需要推廣呢？」

「當然是因爲社會價值觀的改變呀。」張經理語重心長地說道：「現在速食文化當道，年輕人都自稱草莓族。雖然不能以偏概全，但是大體來講都可以用短視近利、畏苦怕難來形容。修煉界隨隨便便都要修個二、三十年才有小成，你想會有多少人願意學道？」

我忍不住笑出聲來，說道：「二、三十年才有小成，算是怎樣的小成？可以加持隱身符嗎？可以學會五鬼運財之術嗎？張經理，修煉是出世還是入世？爲己還是爲人？你用隱身符來吸引求道者，這在動機上就不太對啦。」

張經理神色一凜，說道：「修煉可以出世，可以入世；可以爲人，也可以爲己。中國五千年歷史之中，有時崇尚出世，有時崇尚入世，就歷史評價而言，都是人在捧的。只不過近年台灣的走勢，似乎五千年的歷史已經越來越不是一回事了。」他停了一下，換上笑顏。「我太嚴肅了，眞不好意思。錢先生說得好，我的動機有待商議。但是如果不是沒有辦法，我也不會出此下策。我看你既然萬念俱灰，不知道有沒有興趣跟我學道？」

「沒有。」我毫不考慮地說。

「這樣喔。」他失望之情形於色。「我想推廣隱身符，但是連要找個業務員都不容易。錢先生，相逢就是有緣，不知道你可不可以提供一點看法，看看怎麼樣才能提高我們的銷售量呢？」

其實這幾天我還眞的想過這個問題。我道：「現在流行時尚，流行3C產品。你這種一看就知道傳統到不能再傳統的東西，賣相當然不好。我想你需要做點包裝，把符咒放在外型炫麗的鎂合金外殼裡面之類的。不要標榜你是法力加持，標榜你是業界頂尖的光學科技。這樣子說不定比較好賣，也不枉你將公司開在科學園區裡面。」

「精闢！實在太精闢了！」張經理呵呵大笑。「雖然高科技產業我不熟……鎂合金？好像當紅的鴻準是做鎂合金的是不是？」

我看他認眞考慮起我的提議，也不想去打擾他，向他點了點頭，轉身就要離去。

「錢先生！」張經理突然指著我放在桌上的隱身符道。「這兩張隱身符當初是給你試用的，帶回去吧？」

我愣了愣，說道：「誘惑太大，還是不要好了。」

他抓起符咒，笑嘻嘻地塞入我的手中：「不要這麼說，你還有想用隱身符辦的正事，不是嗎？拿去辦吧，無傷大雅。」

我看著他，神情訝異：「你是什麼意思？」

「你不是想去看你女朋友嗎？」

我臉一紅：「你怎麼知道？」

「我是修道之人，自然有我的辦法。」

「什麼辦法？」

他哈哈一笑，兩手環抱胸前，得意洋洋地道：「天眼通！」

我揚起眉毛：「那不是特異功能嗎？」

他立刻搖頭：「特異功能裡面也有。不過天眼通基本上是佛教修行六神通之一，而道教之中也有類似的修行方式。我們這一派是屬於道教的……」

我怕他一講起來沒完沒了，於是張嘴又要告辭。他看出我的意圖，馬上笑了笑，一手搭上我的肩膀，帶我一起走出會議室，來到公司門口。

「錢先生，水能載舟，亦能覆舟，隱身符未必只能用來做壞事。我是玄門正宗，不會害你的。拿去用吧。」

我將隱身符放入皮夾中，離開了逸仙直銷。

ch.2 奇怪拍賣

「在我毫無成就的一生之中，究竟想要追求什麼目標？」

這是一個老生常談的問題，也應該是大家都曾問過自己的問題。如果你的目標從頭到尾明確至極，從來不需要去思考的話，我恭喜你。如果你的目標一點也不明確，但是從來不曾想過這個問題的話，我祝福你。我的學生時代過得十分順遂，課業方面不算突出，但是課外活動卻璀璨異常。我沉浸在各式各樣的掌聲中，玩味於親朋好友的讚賞之下，直到畢業後，我才赫然發現，自己的未來不知何去何從。

未來不知何去何從……

我好平凡、好無力。找工作不是爲了興趣，只是爲了賺錢；賺錢不是爲了養家，而是害怕被人看扁。我渴望踏上冒險的道路，追求卓越的一生。但是到最後，我畢竟還是害怕跟別人不同，害怕異樣的眼光，害怕冒險之後的代價是一無所有。我把握機會，進入平凡的公司，做起平凡的工作。偶爾夜深人靜，我會躲在棉被中哭泣，質問自己人生到底有沒有目標，到底有沒有意義。幾年過去，我漸漸在汲汲營營的生活中麻木；漸漸不在夜深人靜的時候哭泣；漸漸不再催促自己尋找生命的意義。

幸虧我遇見了她。

幸虧我遇見了愛情。

生活的目標？生命的意義？我豁然開朗。我的一生就是爲了遇見她，就是爲她而活。我這個人存在的目的，就是讓她的生命充滿意義，保護她生活無慮，確定她每日開心。有人說這樣很可悲，說男人不該爲女人而活。我呸！我呸！她的笑容爲我的心靈帶來滿足，她的愛情爲我的身軀帶來溫暖。她，是我的一切，是我的世界，是我的宇宙。她是我這一輩子所追求的目標。可悲？我呸！

只不過，當我終於失去她的時候。我還眞是他媽的可悲……

像現在這樣，躲在街燈照耀不到的陰影下，蹲在水溝蓋旁，手裡拿著應該奢侈不起的台灣啤酒，看著路人留下的黃長菸蒂，鬼鬼祟祟地等待我的眞愛回家。除了可悲，還能用什麼言語形容？

廢物？懦夫？性無能？

看來我問錯問題了。我每天都覺得自己的一生不該只有如此，但是我終究還是蹲在這裡，有如菜渣中的腐蛆、糞便堆裡的幼蠅。人生在世，還有比這樣自怨自艾更慘的嗎？有的。當我看見她的身影自轉角後方出現，而她的身邊又跟著一個高大猛男的時候，我立刻了解更慘的意義為何。我的心每跳一下都會痛，每一口呼吸都在燒。我的眼中噴出決堤的淚水，眞如黃河氾濫，一發不可收拾。好吧，她並沒有挽著對方的手臂，這或許是個好現象。但是不管有沒有挽手，陌生猛男畢竟還是與她並肩而行，距離極近，兩人手臂三不五時就會碰觸一下。或許在一般人眼中不算什麼，但是在妒火中燒的人眼裡，這就叫作狀似親密，叫作姦夫淫婦。

我大口喘息，心痛如絞。眼看她拿出鑰匙，打開公寓大門，領著猛男一同走入，我立刻抽出黃紙，放入嘴中，將啤酒一飲而盡，順勢吞下符咒，擦了擦嘴角，趁著公寓大門還沒關上衝了過去。

我閃身入內，大鐵門在身後自動關上。站在陰暗的樓梯間裡，我抬頭傾聽，知道他們站在二樓她家的門口交談。她似乎並沒有要請猛男入內的意思。我微微鬆了一口氣，放輕腳步向上走去。

在我來到轉角，可以看見兩人身影的同時，就聽見「啪」的一聲，猛男居然出手打了她一巴掌！

我沒料到會看見這種情況，先是心裡一呆，接著火冒三丈，立刻就要撲過去毆打猛男。不過就在我將撲未撲之際，突然見她抬起紅通通的臉頰，反過手也在猛男臉上甩了一巴掌。

「啪！」

這一巴掌比猛男的巴掌聲還要響亮，在樓梯間裡陣陣迴響，讓我這個旁觀者都感到臉上傳來一陣火辣。我張大嘴巴，實在想不透究竟出了什麼事。這一巴掌真的是出自溫柔的她的手裡嗎？我無法想像，完全無法想像。

「妳竟然敢打我？」猛男惡狠狠地道。

她下巴一抬，目光凌厲地瞪視著他。猛男似乎有點膽怯，居然微微向後退開一步。她開口說道：「為什麼不敢？你以為現在是什麼年代？女人還是打不還手的嗎？」

猛男跟她對瞪了一會兒，接著語氣一軟，說道：「好吧，算我不對，我不該動手。總之，妳乖乖把繩子交給我就對了。」說著伸出右掌，攤在她的面前。

「拜託你用點腦子，我怎麼可能把繩子給你？」她停了片刻，又道：「你要繩子幹什麼？」

「要賣。」

她有點難以置信地瞪著他看，接著「哈哈」兩聲，將他向後推開，接著就要關上公寓鐵門。

猛男出手擋在門上，急道：「我已經找到買主，價錢也談好了。到時候我們五五分帳，妳我從此不愁吃穿。」

「東西不是你的，你找什麼買主？」她本來語氣嚴厲，不過講了兩句又有點罵不下去，嘆了口氣，繼續道：「我不想見你，有很大的原因是因爲我不想看到你這個樣子。正正當當地過日子有這麼難嗎？爲什麼你好像一天不惹麻煩就不舒服？」

「問題是麻煩已經惹上了呀。」猛男滿臉誠懇地道。「雙燕，如果不是走投無路，我不會來找妳。妳一定要幫我呀。」

我張口結舌，不知所措。我今天只是想來見她一面，怎麼也沒想到會在這裡聽見如此老派的對白。只不過，精采的還在後面。

「這些年來，我幫你擦的屁股還不夠多嗎？」她說著雙眼有點泛紅。「我不想再蹚這蹚渾水。我不要再跟你有任何瓜葛。」

「我也不想拖妳下水，但是這次……」猛男低下頭去，彷彿做錯事被抓到一樣。「我是用妳的帳號登入奇怪拍賣的。對方已經握有妳的資料，如果這時候說不賣，他們一定會來找妳的……」

「你說什麼？」雙燕說著倒抽一口涼氣，接著一手摀住額頭，一邊回想一邊說道：「怪不得我會接到莫名其妙的電子郵件。問我什麼繩子、什麼交易……」她突然抬起頭來，似乎想到什麼重要的事。「我查過對方的ＩＰ位置，買家是中東人？」

「對呀，很不好惹。如果取消交易，會有……」猛男越說越小聲，因爲雙燕的眼神越來越恐怖。

「你賣什麼都可以，爲什麼要賣繩子？」雙燕大聲說道。「你明明知道繩子不是我的東西！」

猛男嚇得不敢出聲，過了一會才道：「因爲……繩……繩子價錢好。妳不會見死不救吧？」

雙燕低頭考慮了幾秒，接著將鐵門一推，說道：「你自己解決。」

猛男當場變臉，抬起大腳「砰」地一聲踢開鐵門。我大吃一驚，趕緊跨上樓梯自他身後撲去。但就在我快要將他撲倒的時候，他突然轉過身來，揮出一掌，筆直握在我的咽喉上，單手將我提在半空中。

我心裡一急，當即對準猛男的身軀拳打腳踢。就看他手臂一緊，手掌有如鐵箍一般深深陷入我的喉嚨裡，令我全身虛脫，再也無力掙扎。他直視我的雙眼，露出邪惡的笑容，說道：「隱身符？雕蟲小技。」接著他兩眼圓睜，綻放金光，我立時覺得肚子傳來一陣火熱，似乎符咒在體內燒成了灰燼。隱身術瞬間失靈，我的肉體隨即呈現在他倆面前。

透過猛男的肩膀，我看見雙燕臉上吃驚的神情。她失聲叫道：「曉書？」

我咽喉受制，無法回應她的呼喚。猛男面色猙獰，冷笑一聲，說道：「原來雙燕就是爲了你這個窩囊廢而離開我？今天舊仇新恨一併跟你算了！」

「不要動他！」

我看見猛男舉起斗大的拳頭對我揮下，同時也看見雙燕舉起門邊的木棒對著猛男的後腦揮下。我不知道雙燕究竟有沒有打昏猛男，因爲在看見那一棒揮出的結果前，我的視線已經被猛男的拳頭完全佔據。

一切來得太快，即使在眼前一片漆黑，意識向下沉淪之後，我依然搞不清楚剛剛究竟發生了什麼事。那個猛男究竟是什麼人？難道眞的是雙燕的舊情人？雙燕是何等清純的氣質美女，怎麼會看上這種任誰一看都知道是敗類的雜碎？她一定是被逼的，她……我在想什麼？那似乎不是當前該釐清的重點。重點是……重點是猛男為什麼能夠看穿隱身符？為什麼眼睛會綻放金光？這傢伙簡直是……

我感到意識越沉越深，顯然即將完全昏迷。我很想強迫自己醒來，想要看看接下來雙燕究竟能否化險為夷，但是我做不到。在我喪失意識前的最後一點時間裡，我心裡只想到一個無關緊要的問題：「在我毫無成就的一生之中，究竟想要追求什麼目標？」我一直告訴自己，雙燕就是我的人生目標。如果我現在死去了，就當是為了救她而死好了，這樣我算是完成了目標嗎？

還是終我一生，一事無成？

我昏了。

不知過了多久，我的臉上傳來一陣疼痛的感覺。我張開雙眼，四周一片明亮，顯然已經不在公寓昏暗的樓梯間裡。我認得眼前的天花板，雙燕家的天花板。我心中一寬，微微一笑，隨即又發現在我身邊看護我的並非雙燕，而是身穿白衣的醫護人員。

「先生，聽得到我說話嗎？」對方邊問邊在我眼前彈了彈手指。我點了點頭。他又伸出三隻手指頭：「你看見幾隻手指？」「三隻。」

對方點了點頭，扶著我坐起身來。

「你被人打昏了，現在看起來應該沒有大礙。如果這幾天感覺頭暈的話……」

我一邊聽著醫護人員解釋，一邊環顧四周。如今我躺在雙燕家客廳的沙發上，前後各站了一名醫護人員。通往大門的小陽台上站了一名刑警，客廳再過去的廚房中還有另一名刑警。我心裡一驚，站起身來，然後發現廚房餐桌上擺著雙燕的筆記型電腦，電腦後方坐著一名身穿西裝的黑衣人。

「出了什麼事？你們爲什麼會在這裡？雙燕在哪裡？」

廚房中的刑警來到客廳，對醫護人員點了點頭，請他們先行離開。他在我面前站定，手裡拿著我的皮夾，邊看邊問道：「你是錢曉書先生？」

我點頭。

「你跟李雙燕小姐是什麼關係？」

「男女朋友。」由於我們已經不能算是男女朋友了，所以我話剛出口，立刻遲疑了一下。接著我馬上問道：「你們爲什麼會在這裡？雙燕怎麼了？」

刑警皺了皺眉，似乎在考慮是否該回答我的問題。「我們接到報案，有人在公寓裡面打架。報案的人說可能是家庭糾紛。請問是這個樣子的嗎？」

我搖頭，問道：「雙燕呢？那個男的呢？你們來的時候沒看到他們嗎？」

刑警道：「沒有，我們來的時候就只發現你躺在陽台上。錢先生，現在可以請你把事情的經過陳述一遍嗎？」

我很快地將事情經過講了一遍，其中當然不包括隱身符以及眼冒金光之類的事。我邊說邊注意到廚房的黑衣人始終盯著雙燕的電腦。當我說完事情的經過後，馬上大聲問道：「如果你們是接獲報案來處理家庭糾紛的話，爲什麼要動她的電腦？」

黑衣人轉頭看了我一眼，然後推開椅子，走入客廳。他對刑警說道：「小陳，先讓我接手。」刑警點了點頭，走到陽台抽菸。黑衣人露出十分親切的笑容和我握手，開口道：「錢先生，你好，我是網路犯罪調查科的人，叫作吳子明。」

「吳先生……」我滿臉疑惑地放開他的手，問道：「網路犯罪調查科？」

「對，就是專門抓抓網路遊戲外掛，處理虛擬寶物交易糾紛……」

「雙燕不玩網路遊戲。」

吳先生笑了笑：「同時我們也處理網路拍賣詐騙事宜。你剛才提到李小姐要賣一條繩子……」

「不是她要賣，是那個男的要賣。」我糾正他。

「我知道。」吳先生點頭。「總之，我們查到這筆交易的買家是一個跨國網路交易詐騙集團的首腦人物，所以希望能夠從李小姐的電腦裡面追查線索……」

我不滿道：「你應該先取得她的同意。」

「當然，當然……」吳先生說著搖了搖頭。「但是照你所描述，我們有理由相信李小姐已經被打昏你的人強迫帶去進行這場交易。所以我希望你能和我們合作，幫我們找出她的下落。」

我聽他這麼說，心裡著急，馬上問道：「你要我怎麼配合？」

「你知道李小姐在奇怪拍賣所使用的帳號跟密碼嗎？」

「奇怪拍賣？」我當場皺起眉頭。猛男之前提過這個奇怪拍賣，不過我當時以爲是奇摩拍賣的口誤，看來是我搞錯了。「我沒聽過奇怪拍賣，不過我知道她在奇摩拍賣用的帳號跟密碼，你要試試看嗎？」

「好！」他立刻走回餐桌，在電腦前坐下。

我跟著他來到電腦前。「什麼是奇怪拍賣？」

「這個……」他轉頭看著我，說道：「跟奇摩拍賣差不多，不過拍賣會員的資格審核比較嚴格，拍賣的物品也比較奇怪。」

「我以爲奇摩是『什麼都不奇怪』？」

「對。奇怪是『什麼都很奇怪』。」

他不是以網路瀏覽器連入奇怪拍賣，而是執行一個應用程式，進入了奇怪拍賣的首頁。這個拍賣網站的介面是純英文的，顯然是個國際性的拍賣網站。

我說出了雙燕的奇摩帳號跟密碼。他一邊鍵入密碼，一邊問道：「你知道他們說要賣的繩子是什麼繩子嗎？」

「不知道。我也很好奇什麼繩子能夠賣到不愁吃穿的價錢。」

「好問題。進去了！」吳先生操作滑鼠，點入雙燕的拍賣信箱。信箱裡的郵件不多，照日期來看，最近一個月裡只有一封交易信件，必定就是雙燕提到的那封莫名其妙的信。吳先生點出那封信來看。

信是由英文寫成的。一開始是客套話，什麼很高興能跟妳做生意之類的，接下來他提到對雙燕手中的「Rope of Immortal Bond」很感興趣，並且詢問她還有沒有類似的好東西。最後他設下交易的時間、地點以及金額。但是這一部分屬於保密資料，已經從電子郵件中刪除了。

我吞了口口水：「爲什麼我們看不到交易內容？」

吳先生道：「這是奇怪拍賣的保密措施，那部分內容屬於『一次性閱讀內容』，只會在第一次閱讀郵件的時候顯示。內容儲存在遠端伺服器裡，沒有跟郵件一起載入硬碟中，在這裡是搜不出來的。」他對陽台上的小陳招招手，小陳立刻跑了過來。「我要存取奇怪拍賣的一次性閱讀內容。你立刻到他們的伺服器機房跑一趟。」

「在北京耶。」小陳看了看手錶。「來回一趟，只怕交易都結束了。」

「我盡量想其他辦法，你快去快回。」

小陳點了點頭，將我的皮夾交還給我，然後就離開了。

北京說去就去？我目送他離開，臉上的疑惑更甚。轉回頭來對吳先生問道：「『Rope of Immortal Bond』？聽起來未免也太酷了吧？『永生羈絆的繩子』？是這樣翻譯的嗎？」

「錢先生英文眞好。」

吳先生笑著點了點頭。不過我看出他有點挖苦的意思，或許表示這條繩子不該如此翻譯。我看他沒打算糾正我，於是說道：「你可以從這裡查詢買家的資料嗎？」

「只能查到最基本的公開資料，比如他的買賣評價，以及當前公開對社群招標的物品。」

吳先生點了買家資料。對方的帳號是亂數選取的，目前完全沒有評價，顯然是爲了招標特定物品而特別開啓的帳號。點入招標物品之後，我們看到對方共有三項公開招標的項目：

「Rope of Immortal Bond」

「Carcass of the Holy Monk」

「Quill of Shakespeare」

我摸了摸腦袋，喃喃道：「『神聖僧侶的屍體』？『莎士比亞的鵝毛筆』？一個比一個酷。這到底是什麼拍賣網站？」

「奇怪拍賣。」吳先生若有所思地盯著螢幕，顯然他起碼認得其中一項物品。他嘆了口氣，站起身來，搭著我的肩膀帶我走向客廳。「錢先生，你被人打昏，也不知道有沒有腦震盪，現在應該要多休息。我想你先回家吧，有消息我們會立刻通知你的。」他說著從口袋裡拿出一張名片給我。「如果你想起任何有用的線索，也請你馬上聯絡我。」

「不用做筆錄嗎？」我一邊問，一邊低頭看著名片。

「剛剛不是做了嗎？」

「我沒簽名呀。」他的名片非常簡單，除了他的姓名、電話之外，就只印了一個英文縮寫。

「ＴＤＣ？這是你們單位的縮寫？」

他從桌上抓來剛剛小陳做的簡單筆錄給我簽名。「對，我們是ＴＤＣ。」

我在筆錄上簽了名，又問道：「請問網路犯罪調查科是怎麼縮寫成ＴＤＣ的？」

他接過筆錄。「我也不知道。我英文不好。錢先生英文這麼強，可以自己猜猜看呀。」

騙鬼！英文不好可以看懂剛剛那封英文信？我正要開口再問，一道鐵門卻突然出現在我們面前。我嚇了一跳，這才發現我已經站在公寓的樓梯間，而吳先生已經將公寓的外門給關

ch.3

恐怖分子

一切都好不真實。

我走出雙燕的公寓，踏入黑暗的巷道，看了看錶，晚上十點半。剛剛沒問他們我昏了多久，現在看來三個多小時跑不掉。

天呀，一切都好不真實。

我摸摸口袋，裡面還有一枚五十元的銅板。理性告訴我該拿「這筆錢」去買個便當，但是我的喉嚨卻告訴我該買啤酒；我的肺告訴我該買包菸。喔，我忘了，基於三不五時調漲的「健康捐」的關係，五十元已經買不起菸了。再也買不起任何菸了。

我站在巷口便利商店的門口，看著混網咖的青少年在裡面購買微波食品、泡麵、長壽、台啤……突然間，悲從中來，我退到商店明亮的燈光外，莫名其妙地流下眼淚。好一個廢物……連這些網咖小鬼都混得比我好，我居然還想要搞什麼英雄救美？不自量力！先不提雙燕失蹤，不知從何找起；就算找到了又怎麼樣？我打得過眼冒金光的猛男嗎？還有把那個猛男嚇得要死的中東買家？我算哪根蔥？我不過是個廢物。

一切都好不眞實……

我抹了抹臉上的淚痕，深深吸了一口氣，然後開始回想。

這一連串不該屬於現實世界的事件是從哪裡開始的？應該算是逸仙直銷吧？從我拿到隱身符開始，怪事就接二連三地不斷發生。現在想想，張經理彷彿知道我去找雙燕會出事一樣，硬是把剩下來的隱身符塞給我用。雖然再怎麼想也沒辦法將雙燕跟張經理扯在一塊，但是……就當我電影看太多了，我就是覺得其中有鬼！即便只是巧合，張經理是玄門正宗，找他來幫忙對付金光猛男說不定也是一個辦法？

沒錯，我該前往逸仙直銷。

我有一種急病亂投醫的感覺。

就在這個時候，我的手機響了。我掏出手機，在來電顯示上看見一個應該很正常，但是卻令我驚訝的名字：「雙燕寶貝！」是呀？雙燕不見了，怎麼找？打電話去找呀！爲什麼我連這麼基本的方法都沒試，卻硬要去找什麼逸仙直銷的張經理幫忙呢？看來我眞的糊塗了。

我按下接聽鈕，語帶哭音地叫道：「雙燕！雙燕！」

謝天謝地，電話那頭傳來雙燕的聲音：「曉書？你沒事吧？」

「我沒事，只是頭……」我另一手在腦袋上比了比，不過這時候不想讓雙燕擔心，乾脆改口道：「我好得很，妳呢？那傢伙沒把妳怎樣吧？」

「沒事。你一個人嗎？」

我愣了一愣，說道：「對，我一個人。妳以爲我會跟誰在一起？」

「警方呢？沒跟來吧？」

「沒有，妳到底在哪裡？」

我突然感到身後一亮，接著一輛汽車在我身邊停了下來。後座車門打開，探頭出來的竟然就是雙燕。

「快上車！」

本來雙燕開門叫我上車，對我而言應該是求之不得的事，但是此時此刻，我心中竟然有些猶豫。雙燕彷彿看出我的猶豫，於是對我伸出手臂，攤開手掌，面色眞誠地道：「曉書，上來再說。」

我不再猶豫，上了車，關了門。雙燕拍了拍前座駕駛的肩膀，車子立刻開始前進。我轉頭一看，當場驚訝得說不出話來，原來開車的人就是金光猛男。我回頭看向雙燕，神情中除了疑惑還是疑惑。

「這位是……」雙燕指著猛男，停了一下，繼續道：「我的前男朋友，綽號『清算霸』。你叫他阿霸就好。」

這是什麼綽號？我張嘴就想問她爲什麼還跟他混在一起，不過雙燕已經先我一步問道：「我家裡有ＴＤＣ的人嗎？」

我又一呆，下意識地點了點頭。雙燕皺起眉頭，問道：「他們有沒有給你名片？」

我說有，然後從皮夾中取出吳子明的名片，一面拿給雙燕，一面問道：「妳怎麼知道網路犯罪調查科的人在找妳？」

聽見「網路犯罪調查科」這幾個字，雙燕微微揚眉，不置可否。她接過名片，看了看，對前座的阿霸說道：「是吳子明。」

「幹！麻煩的傢伙。」阿霸叫道。「名片處理一下。」

雙燕看著我，眨了眨眼，然後將名片拿到嘴前，輕輕吹了一口氣。名片上當場隱隱浮現一道白光。

我張嘴結舌，訝異道：「這什麼玩意？」

雙燕道：「追蹤裝置。」

我伸出手指觸摸那道光芒，發現竟微微帶有一股暖意。「這是什麼『裝置』？」

「一時很難解釋。」雙燕搖下車窗，將名片拿到窗口甩了甩，白光瞬間飄出窗外，消逝在深夜的街道中。她將黯淡無光的普通名片還給我，說道：「收好，說不定以後用得到。」

我照她的話收好名片，然後語氣有點不太高興地道：「妳該跟我解釋一下吧？」

「不急。」雙燕道。「我有話要先問你。這很重要，你一定要先回答我。ＴＤＣ的人在我家做了什麼？」

「查妳的電腦，奇怪拍賣的資料。」

雙燕語氣急迫：「他們進入我的帳戶了嗎？」

我臉上微微一紅：「我告訴他們妳奇摩的密碼，想不到真的一樣。」看她臉色一變，我立刻道：「對不起，我只是想趕快找到妳的下落。」

雙燕搖了搖頭，又問：「他們知道繩子的交易內容嗎？」

「Rope of Immortal Bond？」我也搖頭。「他們說要去奇怪的主機調閱什麼一次性閱讀內容。」

雙燕看向司機。阿霸道：「奇怪拍賣是位於中國的國際組織，ＴＤＣ管轄不到。要查的人必須親自走一趟。等他們查出來，我們已經交易完畢了。」

「那就好。」

接著是一陣尷尬的沉默。我在等雙燕跟我解釋，但是她顯然不打算輕易解釋任何事情。我看看她，又看看猛男，最後嘆了口氣，說道：「結果妳還是決定幫他拿繩子去賣？」

「嗯……」雙燕點頭：「阿霸是……我不能不幫他。」

我感到心裡一痛。我當然明白不要探聽情人舊情人的事，因爲這麼做只會讓自己覺得自己不夠特別、不夠重要，比不過一個應該已經屬於過去的人。只是跟感情有關的道理人人會說，一旦親身經歷又不一定能做到。

「所以他對妳而言比我還重要？」

「當然不是，你不要這樣比較好不好？」雙燕急道。「就算……就算不論兒女私情，阿霸……曾對台灣社會有所貢獻，我們都……從某方面來看都欠他一份情。我不能見死不救。」

「他能有什麼貢……」我大聲叫道，隨即搖頭。「算了，我不想知道，反正妳已經決定要幫他了。」我越說越心痛，隨即決定轉移話題。「這到底是什麼繩子，這麼値錢？這一切究竟是怎麼回事？妳到底要不要告訴我？」

雙燕神色黯然，欲言又止，看了我半天，最後說道：「我的過去……我有一段不想讓人知道的過去，尤其是不想讓你知道。繩子、TDC、阿霸……這一切都是屬於那段過去……」她說著搖起頭來。

「所以妳跟我分手是因爲過去又找上門來？」

她點頭。

「不是因爲我失業？不是因爲妳不愛我？」

她繼續點頭。

「但是妳還是不打算告訴我那段過去？」

她低下頭去，不敢面對我的目光，說道：「愛情是建立在信任之上。當阿霸回來找我，我就知道自己無法繼續隱瞞下去，但是我也不願對你吐露我的過去。我知道這段關係註定將會失去信任，註定無法挽回。爲了怕大家難做，所以才跟你分手。」

「妳應該明明白白跟我說的。」我語氣不滿。「我並不在乎妳的過去。」

「眞的嗎？」她的語氣顯然不以爲然。「你應該想想最近發生的事情，誠實面對自己的心，然後再告訴我你在不在乎我的過去。」她給我幾秒鐘思考，然後繼續說道：「你會發現自己根本不認識我。你會發現我的過去令你感到害怕。其實你是在乎的。就算現在可以不在乎，日後還是會浮出水面。」

我的嘴唇顫抖，思緒開始打結。她講得一點也沒錯，我根本不認識她。儘管我相信愛情可以戰勝一切，但是我眞的根本不認識她……

「妳想太多、預設太多立場。愛情應該是兩個人共同努力，怎麼能夠遇到一點點困難就……就放棄呢？」

「曉書，這不是一點點困難。這是當頭棒喝。」她神情堅定地看著我道。

「它讓我認清一個事實，就是我根本沒資格愛你，一切都是我癡心妄想。」她揮手打斷我的抗議，繼續道：「我會這麼說是有理由的，而這個理由不能讓你知道。你不必再說了，我們不會有結果的。今天過後，我們就不要再見面了。」

我靠回椅背，神情疲憊地凝視著她，兩行淚水毫無窒礙地滑過臉頰，滴落肩膀。她不忍看我這個樣子，於是偏過頭去。我幻想著她其實也是看著窗外無聲哭泣，但是她顯然比我還會隱藏情緒。

也有可能，她根本不像我愛她的那樣愛我……

我終於也轉向窗外，看著沿路街燈。內湖路上，最後一班捷運行駛在高架橋上，捷運車廂的燈光明亮，但是車內卻沒有幾名乘客，看起來隱隱透著一絲淒涼的氣息，彷彿代表了某種東西即將走到盡頭。

「快到了。」阿霸的聲音打破車內的沉默。他腦袋對著左前方一歪，我順著他的頭勢望去，看見了美麗華摩天輪。我還記得摩天輪剛開幕時的意氣風發，然而十幾年過去了，儘管摩天輪保養得不錯，所有燈光依舊，但是這個內湖地標終究還是散發出一種老舊的氣息，似乎也走到了盡頭。

「妳想把車停在哪裡？」阿霸問道。

雙燕回過神來，說道：「不想讓對方發現的話，就停在美麗華停車場入口轉角吧。」

我眉頭一皺，立刻問道：「什麼意思？你們現在要去交易？」

「還有十分鐘。」雙燕點頭，接著拍了拍阿霸。「在這裡讓他下車。」

阿霸立刻搖頭：「不行！萬一他去報警怎麼辦？萬一他把TDC找來怎麼辦？」

我也搖頭：「你們說這場交易有危險。我一定要確保妳的安全才能離開。」

雙燕想勸我，不過在看到我的眼神之後，她立刻知道我是勸不動的。她沉思片刻，說道：「好。只要你答應我從頭到尾在旁邊乖乖地看，不要干涉我們的行動，我說什麼你就做什麼。我就讓你留下來。」

「我答應妳。」

車子在路口停下。此時已經將近深夜十一點，美麗華購物中心的人潮早已散去。阿霸自手套箱中拿出一顆耳屎大的藍芽耳麥，放入右耳中。十幾年前，這種東西只在電影裡出現，現在卻已經變成日常生活用品了。他低聲說了一句：「測試，一二三。」雙燕回道：「接收良好，一切正常。」不知道她什麼時候也已經戴上了耳麥。

阿霸回過頭來，對雙燕道：「燕，看到情況不對立刻離開。我會照顧自己，妳千萬不要來幫我。」

雙燕面無表情地點了點頭，說道：「保重。」

阿霸下車離開。

眼看阿霸的背影轉過街角，消失在美麗華側牆之後，我問道：「交易在哪裡進行？」

「愛買外面的露天停車場。」雙燕頭靠椅背，雙手抱胸，閉上雙眼，彷彿在沉睡。

我轉頭朝愛買的方向看了看，說道：「這裡看不見愛買。」

「所以對方也看不見我們。」

我點了點頭，好像很清楚狀況一樣，其實完全不知道現在是什麼情形。

「我看阿霸沒有帶什麼繩子下車。你們打算怎麼進行交易？」

儘管雙燕雙眼緊閉，但是眼球顯然還在眼瞼之下轉動，彷彿在看著什麼腦中的景象一樣。她道：「阿霸過去先確認對方資金無誤，然後再回來拿繩子交易。」

「如何確認資金？交易金額多少？」

「一億美金。」

我聽得下巴都快掉下來了。一億美金是多少台幣？要多少皮箱才裝得下？

「當然不是現金，是轉帳。奇怪拍賣會確認對方戶頭裡擁有足夠的交易金額，並且在交易完成的同時，將資金轉入我在瑞士銀行的帳戶。」

「妳有瑞士銀行的帳戶？」我覺得再聽到什麼也不會繼續感到驚訝了。

「我的過去需要用到這種帳戶。」

我看著她美麗的面孔，想著她冷酷的語氣。過了幾秒，也許單純是為了找話說，我道：「到底是什麼繩子值一億美金？」

她左腳往椅子底下一踢，說道：「就這條繩子。」

那是一條老舊的麻繩，看不出年代究竟有多久遠，不過顯然非常古老。這條繩子毫不起眼，甚至有點髒兮兮的感覺，說實話，賣十塊錢我都嫌貴了。我心裡好奇，彎下腰去想要撿起來看。雙燕立刻伸腳擋在我的面前。

「看看就好，不要摸。」

我看了看她，又看看繩子。這一次我突然發現繩子外圍似乎隱現了一道微光，有點類似剛剛在名片上看到的那種，但是稍縱即逝。我揉了揉眼睛，皺起眉頭，正打算細看的時候，雙燕突然比了個手勢叫我安靜。

她雙眼還是沒有張開，神情十分專注。「阿霸，愛買停車場裡一共有十個人。其中有三個站在中央，兩個在旁邊的一部車裡，其他五個躲在陰暗處，於十秒內可以趕到中央的距離。」

接著我聽見她耳中傳來阿霸的聲音。「收到，看見外面那三個了。我要進去了。」

「小心點。」

趁著阿霸「進去」的空檔，我問：「妳怎麼看得見那邊有多少人？」

「我是幹這行的。」

我摸摸腦袋。「好吧，幹妳這行的怎麼看得見那邊有多少人？」

「有機會再告訴你。」

阿霸的聲音再度傳來。「阿齊阿里先生？我叫阿霸。」

接著是一個有外國口音，不過天知道是不是中東口音的聲音。

「我以爲跟我交易的是一位李雙燕小姐。」

「我是李小姐的代表。」

「東西帶來了嗎？」

「在附近，確認資金之後就會拿來。」

「我想先看東西。」

「我想先看錢。」

對方沉默片刻，接著對旁邊的人說道：「給霸先生確認資金。」然後是一陣電腦鍵盤的聲響。「確認資金要幾分鐘的時間。」

「我知道。你抽菸嗎？」

接著就是一陣點菸以及吞雲吐霧的聲音。我覺得喉嚨越來越癢了。

雙燕突然「嘖」了一聲，神色一變，坐直身體。「阿霸，我發現美麗華摩天輪上有人。」

阿霸小聲問道：「狙擊手？」

雙燕皺起眉頭：「不是，觀察員。一定是在找我。」她眼球又轉了幾下，繼續道：「我不喜歡這樣。他們如果正正當當交易的話，根本不需要知道我的行蹤。提高警覺。只要我決定撤手，你一定要立刻離開現場。」

我感到頭皮發麻，似乎背上流下了不少冷汗。

「資金就位了。霸先生，你應該隨時都會收到奇怪那邊的通知。」

「可惡！」雙燕搖頭叫道。「阿霸，對方躲起來的人開始向這裡移動，我的位置曝光了。我決定撤走，你找機會離開，安全之後，老地方見。」她說完張開雙眼，一腳勾起腳下的繩子，一手將我推到另一邊的車門旁，然後反手一扯，將車後座的椅背扳開，露出下方陰暗的行李箱。

「進去躲好，不要出聲，有機會我會回來找你。」

我瞪大眼睛，大力搖頭：「我跟妳一起走，讓我保護妳！」

「你只會拖累我。」她語氣冰冷異常，一聽就知道是在陳述事實，而不是在爲我著想。「想保護我就快點進去，遲了連我也跑不掉。」

一秒後，我鑽進了行李箱。我轉過頭來想要再看她一面，想要跟她說「我愛妳」之類的道別話語，但是只看到她將椅背推回原位，我的眼前隨即一片漆黑。

接著我聽見車門開關聲，然後是細微的跑步聲響。我還沒聽出雙燕往哪個方向離開，就已經又聽見三、四組沉重的腳步聲朝著車子接近。行李箱內伸手不見五指，悶熱異常，車外的聲音也不算清晰可聞。我隱約聽見男人的叫罵聲。

「她往那邊去了！」

「繩子在她手上！」

「阿齊怎麼說？」

「格殺勿論。」

我心裡緊張到了極點，眞的很想做點事情，但是又不知道能做什麼。正當我想輕舉妄動時，車外突然傳來三聲轟然巨響。我終於反應過來那是槍聲，嚇得差點張嘴大叫。幾聲槍響後，我的耳邊突然一陣灼熱，接著行李箱突然變亮了些。我順著光源看去，發現行李箱的側面跟後方各多了一顆彈孔。儘管不願承認自己竟然如此窩囊，但是我眞的害怕得渾身發抖，甚至必須伸出手掌堵住嘴巴，才不至於發出聲音。

槍聲此起彼落，偶爾還夾雜著幾道耀眼的閃光，不知道是什麼武器造成的。

沉靜片刻之後，外面的人開始移動，接著又開始開槍。這時很遠的地方也出現槍聲，甚至還有更加強烈的爆炸聲響，顯然是愛買那邊也開打了。我在槍林彈雨中努力發抖，心裡想著雙燕他們身上究竟藏了什麼武器，可以跟這些人周旋這麼久。

不知道過了多久，或許連一分鐘也不到，槍聲漸行漸遠，次數也不再密集，或許雙燕他們已經成功逃脫了也未可知。

我側耳傾聽，再也聽不到附近有任何動靜。正當我鬆懈下來，打算看看該怎麼離開行李箱的時候，彈孔外傳來燈光一閃，我聽見幾輛汽車在附近減速，停了下來。

接著是有人開門下車的聲音。

我額頭上的汗水一滴滴滑落，背上發麻的感覺始終不消。我一動也不敢動，大氣都不敢喘，不知道現在來的是什麼人，也一點都不想知道。我希望他們只是路過，或是聽到槍聲過來看熱鬧。正緊張著，突然眼前一黑，彈孔的光線消逝。我心裡害怕，於是翻身湊到彈孔處看，只見外面一片漆黑，隱約可見有東西緩緩蠕動。

接著漆黑微微向後褪去，我終於發現彈孔外的是一隻眼睛。

今晚被嚇了這麼多次，這次是最可怕的一次！我嚇得脖子一僵，當場向上一挺，腦袋撞上行李箱蓋，發出一聲不可能不被注意到的聲響。我慌了。我開始伸手在黑暗中摸索，只想找把什麼武器防身。我摸到一根硬硬直直的東西，照手感來說應該是把雨傘。我緊握傘柄，隨時準備動手，卻在這時想起我還有一張隱身符。我連忙在口袋中摸索，不過卻已經來不及了。我聽見金屬撞擊箱蓋的聲音，看見一把鐵撬之類的東西從縫隙中插了進來。跟著「啪嗒」一聲，行李箱蓋被人撬開，我的眼前登時大放光明。

我看準面前一條烏黑的身影，二話不說揮出雨傘。對方輕描淡寫地出手架開我的手腕，將雨傘打落在地。我也不知道哪來的本能，趁著對方手還沒收回去的時候右手一翻，反過來抓住對方手腕，接著向下一扯，另一隻手隨即看準對方兩眼插去。性命交關，害怕無比，我根本沒想過這一下眞的插進去的話搞不好就會奪人性命。幸虧在這個時候，我的眼前多了一把手槍的槍口，將我的理智嚇了回來。

「錢先生！不要動手！我們是來幫忙的。」

聽到這話，我立刻停止動作，但是全身肌肉僵硬，竟然沒辦法放開對方的手腕。對方緩緩放下手槍，然後伸手掰開我的握持。接著他兩手搭在我的肩膀上，扶著我自行李箱坐起。我終於適應了外面的光線，也終於認出面前的是剛剛在雙燕家見過的吳子明。

「錢先生，你先冷靜一下。我待會再來找你。」

我環顧四周，發現附近多了好幾輛警車，以及看不出是什麼單位的黑頭車。雙燕、阿霸以及開槍的壞蛋通通不見蹤影。我心中突然升起一股力量，在吳子明舉步離開前，又出手抓住他的衣袖。

「吳……吳先生，」我的神色茫然中透露出一股堅定之情。

「請你告訴我，ＴＤＣ是什麼？Rope of Immortal Bond又是什麼？」

他凝視著我的雙眼，臉上的神情瞬間變了幾變，顯然是在考慮要不要跟我吐實。最後他嘆了口氣，說道：「ＴＤＣ是Tien-Di Cops的縮寫，講中文有點俗，叫作『天地戰警』。我們都是天地戰警的探員。」

我點點頭，不置可否。天地戰警？隨便啦。

他停了一下，繼續說道：「Rope of Immortal Bond原文是中文，老外翻譯之後失了原味，所以你聽不出意思。其實這條繩子源自中國，我們稱它爲『綑仙索』。」

我又點了點頭，再也沒有力氣做出荒謬或是驚訝之類的反應。我對他揮揮手，說道：「你先忙吧，待會再來理我。」

他拍拍我的肩膀，然後對著其他人走去。

ch.4 天地戰警

我在警務人員的指示下簡短地描述一下事情發生的經過，然後就走到一旁找塊石階坐下，冷冷地看著眼前的一切。這時已經有越來越多輛警車在附近停了下來，到處都閃爍著紅藍色的燈光。有的刑警在附近拉起警戒線；有的管理交通，不讓附近的行人以及車輛行走；有的拿出號碼牌，在地上搜集彈頭以及彈殼，並且照相蒐證。我靜靜地看著這一切，不知爲何，心裡竟然浮現出一股寧靜祥和的感覺。

過了將近半小時，吳子明回到我的身邊，拿出一台數位相機，轉動螢幕，在我眼前秀了一張照片。

「錢先生，你認得這名死者嗎？」

相機螢幕上是一個男人的面孔，特寫拉得極近，看得是出阿霸的臉。我發現他臉上以及脖子附近染有許多血跡，想起剛剛聽見的爆炸聲響，心知他的遺體絕不好看。看來吳子明是特意給我看臉部特寫，而不放整具屍體的照片。

我點了點頭。「他就是傍晚把我打昏的男人。」

「你現在知道他叫什麼名字了嗎？」

「雙燕稱呼他為『阿霸』，」我想了想，又道：「好像說他有個綽號叫作『清算霸』。」

吳子明點點頭：「可憐清算霸竟然落到這種下場。」

「你們沒有……沒有找到雙燕吧？」

「沒。我們相信李小姐已經脫逃了。」

我鬆了一口氣，接著問道：「這個阿霸是什麼人？你顯然聽說過他？雙燕說他對社會有貢獻。」

吳子明點了點頭，收起相機，轉身看了看附近忙碌的人員，然後又轉回來對我道：「錢先生還沒吃晚飯吧？不如我們找個地方坐下來聊？公家請客。」

我知道在這個時候不該有這種想法，但是「公家請客」四個字聽起來十分誘人。我說：「你不用忙嗎？」他道：「這也是公事，反正在附近不要走遠就是了。」

於是我跟在他的身後一起離開現場，走到位於下一條街口的一家酒吧裡。我們找了一個角落的安靜座位，點好餐點跟飲料。

沒過多久，東西上桌，我立刻大快朵頤起來。吳子明喝了幾口咖啡，等我吃到一個段落，這才開口說話。

「錢先生，我相信今天晚上發生的一切對你來說都很不合常理。不過話說回來，你的反應還算挺正常的。」

我嚥下口中的薯條，說道：「天曉得。電影看太多了吧？或許是我餓到沒力氣反應；也可能是我窮到根本不在乎。總之，當人山窮水盡，走投無路的時候，周遭發生的事情合不合常理，對我來說根本是無關緊要的小事。」

吳子明笑了笑，說道：「既然這樣，不如再多聽一點不合常理的事情？」

我繼續將食物塞入嘴裡。「洗耳恭聽。」

吳子明側頭思考，似乎在考慮該從何講起：「你今天牽扯到的是一件屬於修煉界的麻煩事，本來一般民眾不需要知道這種事，也根本不需要知道我們的存在。喔，對了，天地戰警就是政府專門設立用來處理修煉界犯罪的單位。我們……」他看著我臉上茫然的表情，苦笑了一下，說道：「看來我該先提一提天地戰警的由來。」

我不置可否，比了個「請說」的手勢。

「當年國共內戰，政府播遷來台，在民國三十七年底到三十八年初，將南京故宮裡的故宮文物分作三批運往台灣。其中第三批文物於二月二十二日運抵基隆，記錄中有九百七十二箱，不過實際上有九百八十二箱。這多出來的十箱，無法列入記錄，也不曾公開展出，因爲其中的文物並非一般歷史古董，而是屬於中國修煉界千百年來流傳下來的法寶，綑仙索就是其中之一。」

我停止嘴中的咀嚼，呆呆地看著他。

「說來話長。」吳子明舔了舔嘴唇，繼續說道：「本來這些法寶流落深山之中，百年內也未必會有一、兩樣在凡間現世。但是打從清朝末年，八國聯軍叩關，中國就展開了一段不得不然的改革亂世。不但連年戰亂，而且思想觀念也面臨了數千年來不曾面對過的大轉變。這段歷史，不但影響凡間，就連躲在深山修行的三教高人也難以倖免。」

「亂世之中，修煉界逐漸浮現入世的聲浪。三教高人紛紛出關，有的打起名號，扶清滅洋；有的主張改革，藉科舉之便入主朝政；也有的力主改朝換代，輔佐孫文先生成立革命黨。這一切，錢先生都讀過歷史，基本上也就是這麼回事，我只是說這些大時代的故事裡面其實都有修煉界的人在其中運作。」

「滿清滅亡，民國成立，歷史走到這裡，都還跟中國五千年來的傳統沒有相差太多。但是到了民國二十六年七七事變之後，八年抗戰正式展開，整個中國終於進入了一個前所未有的亡國危機之中。這是五千年來第一次，中國修煉界團結一致，對抗外辱。當年各式各樣的仙術通通出籠，各式各樣的法寶全面現世。只可惜日本人船堅炮利，殺人不眨眼。三教高人在缺乏強勢領導下，根本無法與之對抗。於是最後，三教派出代表，將所有法寶齊聚一堂，統一交由蔣委員長運籌帷幄。蔣先生本來就是一等一的將帥之材，在眾多高人以及強力法寶的輔佐之下，終於撐到歐戰停火，美國人在廣島、長崎投下原子彈，第二次世界大戰正式結束。」

「戰事底定，三教高人求去，然而蔣委員長卻不願交出到手的法寶。對於統治如此大國的統治者而言，他不想要這些強力法器流落民間當然是情有可原。只不過三教高人並不好惹，也不是每一名高人都欣賞蔣先生的統治手段，於是漸漸有人開始投入毛主席麾下，加入廣大勞工階級與國民政府對抗。這場國共內戰，更是中國修煉界千百年來不曾出現過的浩劫。三教高人死傷之慘，就連日軍侵華都不能相提並論。當國民政府開始呈現敗象之初，蔣先生已經起心撤退台灣，而撤退台灣最重要的一步就是要運走故宮文物以及三教法寶。」

「本來三教法寶應該跟隨第一批文物遷台，但是由於大陸方面的高人全力阻擾，所以一直拖到第三批才終於成功來台，不過中間已經失落了將近四分之一。法寶來台後，大部分藏於故宮文物之中，少部分用途較廣的，就被拿來整頓台灣修煉界。後來眼看反攻大陸無望，政府決定深耕台灣，於是就以三教法寶為基礎，成立了天地戰警，作為管理台灣修煉界的執法單位，以及對抗中國修煉界的情報單位。」

我目瞪口呆了好一會兒，心想這傢伙不當歷史老師眞是浪費了。

我問道：「所以你口中的三教高人，就是如今天地戰警的主事長官？」

吳子明搖頭道：「蔣先生不肯交出三教法寶一舉，其實已經失了修煉界的人心。當時除了既得利益者以及認同國民黨政治理念的少數高人之外，大部分修煉界的人都加入了共產黨的陣營。若不是因為法寶在手，國民政府根本無法與之抗衡。在轉進台灣的過程之中，三教高人死傷殆盡，眞正道術高強的人物沒有幾個活著抵達台灣。所以現在的天地戰警依賴的是法寶，而非道術。」

「照你這麼說，大陸的高人後來怎麼沒有打過來呢？」

「兩岸都有時代的悲劇。」吳子明嘆了口氣。「對大陸的高人而言，時代的悲劇就是文化大革命。當年破四舊、立四新，三教高人都是屬於舊社會的產物，自然沒有好下場。除了幾次派系鬥爭都能夠在政治極度正確的情況下活過來的頂級高人之外，大部分都歸隱到最深的山林之中，甚至乾脆逃到國外去了。」

「天地戰警成立之初，本來是由道號『大同眞君』的高人掌管。大同眞君修道千年，是當世一等一的高人。他本來打算召集有慧根之人，開壇授徒，好爲天地戰警這樣一個有意義的單位打下紮實的根基，日後開枝散葉，也好繼續傳承中國五千年修煉界的道統。只不過一開始建設台灣的時候，大家都爲生存打拚，沒有多少人有出世修行的想法。而後來日子漸漸好過了，年輕人又沉溺於物質享樂，越來越畏苦怕難。大同眞君是老派人，爲人嚴肅不阿，看不下去這等景象，最後告老求去。後來蔣經國總統動之以情，勸他以大局爲重，終於讓他留在總統府，輔佐歷任總統。」

「繼任的天地戰警主管……」

我打斷他的話：「你這是在上歷史課呀。我比較想知道你說天地戰警是台灣修煉界的執法單位，究竟都是在管些什麼事情？」

「什麼都管。」吳子明道。「儘管因爲社會風氣，凡人畏苦怕難，但是台灣還是不斷有人加入修煉的行列，只不過管道很雜，詐騙集團很多，大部分的人都不得其門而入。眞正能夠求道的人，動機未必單純，道行也都不深，所以憑我們天地戰警這點微末道行，輔以強力法寶，要對付修煉界犯罪綽綽有餘。除了人鬼之外，深山中的生物，吸取天地精華，久而成精，出世害人，也是我們負責的主要業務之一。另外，當然還有來自世界各地的外來道友，那些就是管理起來比較麻煩的部分。而最後一種，就是像『清算霸』這種時代下的產物。」

我心想終於講到跟今天的事件有關的部分了，問道：「清算霸到底是什麼人？」

「過氣高人。」吳子明喝口咖啡，說道：「十年前，台灣政壇發生了一件震驚全世界的大事，媒體稱之爲『政壇大清算』。錢先生還記得這件事嗎？」

我點頭：「當天總統、副總統、在野黨主席、五院院長以及行政院所屬部會首長在一夜之間全部遭到暗殺。除了總統以及在野黨主席之外，其他人物無一倖免。」

吳子明「嗯」了一聲：「這個事件搞到舉國譁然，執政、在野兩黨相互指控，千萬人民走上街頭，甚至一度宣布戒嚴，半數軍隊調入台北，亂了大半年始終沒有抓到任何凶手。」

「正常人都不會相信抓不到任何凶手的。」我道。「當年我涉世未深，但也知道其中有鬼。這麼多政壇大老在同個晚上遭到暗殺，要說沒有龐大的組織爲後盾，怎麼可能成事？如果當年不是連國防部長也罹難了，國軍一定會被調查到掛的。」

他默不作聲地看了我一會兒，然後緩緩說道：「其實這件案子天地戰警早就查清楚了，整件事都是清算霸一個人幹的。」

「怎麼可能是一個人幹的。」

「就是因爲是一個人幹的，所以整個調查方向都錯了，檢調單位才會查不出來。」吳子明停了一會兒，等我嘴巴稍微闔攏一些，才繼續說道：「清算霸不是普通人，甚至不能算是修煉界的人物。古今中外，也只有台灣這種畸形的政壇模式才能造就出他這種人物。當年政壇亂象四起，施政不問人民福祉，只問政治立場對錯，雖然不到民不聊生的地步，但是人民壓抑許久，終於以意念化爲實際爆發出來。當時大家心想，檯面上的政治人物老早就被汙染殆盡，要改革，就必須全部換掉。」

我攤開雙手，表示聽不懂他在講什麼。

「當有夠多的人、夠強大的意念希望一件事情發生的時候，這件事終究是會發生的。清算霸就是在這種壓抑許久的情況下突然產生的人民英雄。如果說一顆石頭可以吸取日月精華而成精，清算霸就是吸收了人類意志而成精，所謂眾志成城就是這個道理。清算霸存在的唯一目的，就是他在那一夜之間所幹的事。姑且不論他幹的事是對是錯，合不合法，總之事情是幹下了，台灣政壇也因此得到了好處，人民生活也出現起色。政治人物受到驚嚇，從此不敢再像以前那樣明目張膽地亂搞了……」

「那爲什麼……」我問。「爲什麼總統跟在野黨主席沒死？」

「當然是因爲他們身邊有高人相助呀。」吳子明理所當然地道。「憑清算霸的能力根本動不了他們。就好像台灣人民再怎麼不爽，也沒辦法把總統拉下來是一樣的道理。」

「厲害，厲害。」

「清算霸完事之後，並沒有就此消失，但是他存在的目的已經沒有了。所以他之後一直漫無目的地遊走世間，爲了生活，爲了錢，變成一個可悲的無賴。」

「爲什麼不抓他結案？」

「因爲天地戰警是超然的組織，沒有預設的政治立場。」他道。「我們願意的話，會對總統府負責，不過我們並沒有這個義務。當我們查出清算霸的由來之後，我們就認定凡人沒有立場去評斷如此出生的妖精。除非他再度犯下什麼不可饒恕的罪行，不然我們不會去動他。當年我們最後交了份報告說查不出來，案子就這麼不了了之。」

「而如今他也已經死於非命。」我低頭看了看已經沒有食物的盤子，說道：「所以清算霸的來歷跟綑仙索的事情根本沒有關係？」

「沒有，他只是想錢想瘋了，惹上不該惹的麻煩。」吳子明停了一下，又道：「綑仙索的事件可大可小，必須盡快解決，所以我希望錢先生能夠幫忙。」

「爲了找回雙燕，我當然願意幫忙。」我看著他的雙眼，心中疑惑無限，皺眉問道：「但是我不知道能幫你們什麼忙，除非雙燕主動跟我聯絡，不然我根本不知道她的行蹤。說眞的，我甚至不了解你爲什麼要跟我透露這麼多？像這種事不是越少人知道越好嗎？」

吳子明若有深意地笑了笑，說道：「因爲你是有緣人。修煉界是很講究緣分的，我們相信世間萬物沒有什麼巧合的事。你不會無緣無故涉入這件事這麼深的，你在整件事裡必定扮演著重要的角色。不管你相不相信，我希望你能跟著我辦完這件案子，就當是失業期間打臨時工吧？我們會付工資。」

「多少？」

「一天五千。」

「不少耶。」

「有算危險加給。」

我靠回椅背，考慮片刻，問道：「在我決定之前想先知道一點。雙燕究竟扮演了什麼角色？她也是屬於修煉界的人嗎？她爲什麼會持有綑仙索這種東西？」

吳子明搖頭說道：「我們是跟清算霸的線查出這件交易的，今天晚上之前，我們都不知道李小姐有涉案。關於李小姐的背景，我們也還在查。」

我點頭：「那個中東人呢？阿齊阿里？」

吳子明道：「我們目前只知道他是猶太教喀巴拉神祕教義的修煉者，法力高深。至於他的政治立場，有沒有跟恐怖組織掛鉤之類的資料，暫時查不出來。我們不知道他爲什麼想買綑仙索。如果他眞的打算使用綑仙索的話，問題就大了。」

「怎麼個大法？」

「綑仙索在國共內戰期間曾是炙手可熱的法寶，兩方高人都爲得之而後快。但是在高人死得差不多之後，它的重要性就大不如前，這也就是爲什麼綑仙索遺失了好幾年，我們都沒有發現的原因。」吳子明神情凝重地道。「因爲綑仙索專綑仙道中人，沒有個千年道行它是不會綑的。對現今台灣修煉界的環境而言，這條繩子不過是件發揮不了功用的廢物。」

「但是你說對方眞要使用，問題就大了。」

「因爲要用，一定是用在擁有千年道行的高人身上。」吳子明搖頭道：「如今台灣擁有千年道行的高人屈指可數。爲防萬一，我們必須先去警告他們才行。」

「都是些什麼人？」

「一共有四個，不過其中兩個下落不明。」吳子明伸出四隻手指，算道：「第一個是『大同眞君』，要去總統府找；第二個是『道德天師』，是第一任天地戰警主管，卸任之後轉而管理故宮文物，負責守衛三教法寶。近年來由於故宮保安裝置越來越嚴謹，所以他又跑出去兼差，說要推廣道術修行，開了間公司叫作『逸仙直銷』，聽說營業額蒸蒸日上，也不知道是不是眞的。怎麼了？」

我摸摸腦袋，說道：「這個『道德天師』是不是姓張？」

「沒錯。」吳子明點頭。「所以錢先生知道逸仙直銷？我就說你是有緣人。相傳道德天師是張天師的後人，甚至有人說他根本就是東漢張陵，也就是第一代張天師本人。他從來沒有承認或否認外界關於他身世的揣測，所以我們也無法肯定他到底是誰。總之他道術精湛，是修煉界不可多得的人才。」

我心想：「看不出來。」不過沒有將這個想法宣之於口。

「第三名高人道號『博識眞人』，相傳他上知天文，下知地理，博通世間一切學問，是撤守台灣的高人之中，道行最高之人。可惜他一入台灣就失去了蹤影，數十年來不曾與任何修煉界的人互通聲息。要找他是找不到了。以他不問世事的風格，應該也不大可能會是對方的目標。」

「最後一個呢？」

「最後一個……」吳子明沉吟片刻，似乎有難言之隱。「最後一個並非大陸撤守的三教高人，也沒有修行千年的道行。他是戰後出生的台灣人，名叫『陳天雲』。是大同眞君轉職總統府前最後一位閉關弟子。此人天賦異稟，深具慧根，修行一年就抵得上正常人修行百年，在道德天師離職後，就接班成爲天地戰警的第三代主管。只可惜他少年得志，掌握了遠超過他的年齡所應掌握的力量，執導天地戰警不過幾年，他就開始利用職權斂財。三年前，事跡敗露，我們在大同眞君的帶領下圍剿陳天雲，雖然將他打成重傷，但是最後還是讓他跑了。此人從此銷聲匿跡，再也沒有人見過他。一般相信，他應該已經潛逃出境了。」

「原來是個大魔頭。」我道。「如果中東人是要對付他的話，就不要管了吧？」

吳子明深深地嘆了口氣：「他是我最好的朋友。他要是真的有難，我也不知道能不能袖手旁觀。」

我將杯中的飲料一飲而盡，說道：「好，這個工我打了。」

吳子明隨即站起：「既然如此，我們立刻出發。」

我張大眼睛：「這麼快，十二點多了，不先睡個覺？」

「茲事體大，趁著局裡還在追查背景的時候，我們先去警告高人。」

「要先去哪？」

「總統府。」

ch.5

生命之樹

我跟著吳子明離開酒吧，走回槍擊案發現場。幾名便衣人員向他匯報狀況後，他就帶我上了他的車，朝總統府揚長而去。

「我以爲你們有那種飛得很快的法寶？」

「比如說？」

「風火輪？」

「呵呵……」吳子明笑了兩聲。「市區開車就好了。那種會噴火的招搖東西還是少用爲妙。」

「也對。」

趁著開車無聊，我又問了一些關於修煉界的事。有一個滿基本但又好像無關緊要的問題，我本來不好意思問，不過每次聽到他說什麼「三教法寶」、「三教高人」的，我覺得搞不清楚那三教是哪三教是一件很難堪的事，最後我只好老著臉皮問了。

「三教就是儒、道、釋三教。」

「我記得《封神演義》裡面有提到什麼截教的……」

「古老年代三教又稱闡教、道教以及截教。」吳子明解釋道。「闡教教主本為原始天尊，轉世之後化身為釋迦牟尼，綻祥光，渡眾生，成為佛教始祖；道教教主為道德天尊，轉世為老子，也就是太上老君，撰寫《道德經》，成為道教先師；截教教主道號通天教主，轉世為孔子，倡中庸、主大同，成為影響中國深遠至極的儒教之祖。」

「台灣高人之中，大同眞君屬於儒教，道德天師屬於道教，博識眞人則無人知其來歷，一般相信他是三教兼修的絕頂高人，不過因為找不到他，所以也不重要了。有趣的是，儘管三教之中只有佛教沒有高人傳承，但在台灣社會裡，影響最遠，建樹最豐的還是佛教。特別是證嚴法師以及慈濟功德會這類以入世救世為宗旨的團體，以最實際的力量投入社會救濟工作，反而成就了最遠大的事業。」

我突然覺得自己一生庸庸碌碌，只為一己的生計及愛情奔走，實在非常微不足道。為了避開自己的良心譴責，我決定不要繼續這個話題。

「那所謂的三教法寶都是一些什麼法寶？」

「喔，多了，幾乎你聽過的都有。」吳子明道。「綑仙索、鎮仙棺、乾坤圈、風火輪、照妖鏡、聚寶盆、芭蕉扇、定風珠、翻天印、方天化戟、九齒釘耙、落寶金錢、混元金斗……」

「夠了、夠了。」我忙搖手道。「十口箱子裡面倒裝了不少東西？」

「箱子大嘛。」

「有什麼好用的嗎？」

「要看用途。」吳子明側頭說道。「一般來講，武器類都不太好用，因爲眞要能耍得動那些武器，多少要有點道行底子。再說，法寶不是隨隨便便就可以駕馭的，眞想要熟練某樣法寶，還是得隨時帶在身上修煉。所以通常天地戰警的探員只會專擅一到兩樣法寶而已。」

「那你擅長什麼法寶？」

他微微一笑：「有機會你就會知道了。」

儘管不是以法寶作爲交通工具，但是吳子明的黑頭車顯然經過高科技改良加持，深夜中飆車速度甚快，轉眼已來到凱達格蘭大道。吳子明車停路邊，然後帶著我走入旁邊的二二八紀念公園。

「不是說要去總統府嗎？」我問。

「我們這種身分不明的人士是不能走正門的。」他答。

午夜時分，兩個男人走在二二八和平公園裡面，不禁在我心中掀起一些許久不曾想到的公園傳說。不過，在經歷過今天發生的事之後，如果我在黑暗的樹叢裡看見奇怪的陰影，大概會產生跟以前截然不同的聯想吧。

我跟著他來到表演台附近的一間警衛室裡，看他跟警衛打了聲招呼，然後拿起桌上的話筒，按下了內線按鈕。

「喂？老師嗎？我是子明。」吳子明一邊就著話筒說話，一邊抬頭對著天花板上的攝影機點頭微笑。

「我有事需要跟老師面談，現在方便嗎……喔？老師也有事找我？好，我馬上下來。」

他掛上話筒，對守衛笑了笑。守衛從抽屜裡拿出幾台機器，吳子明一一使用，並且交代我一同使用。在驗過指紋、掌紋、虹膜，抽了一滴血，並且照過一面吳子明聲稱是照妖鏡改裝的鏡子之後，守衛終於打開電梯暗門，將我們直接送到地下十層去。

電梯門打開後，我立刻被眼前的景象嚇了一跳。倒不是說有多恐怖，只是沒有想到會在地底下看見小橋流水，假山造景，而且還到處點上了火把，沒有使用燈泡。我跟吳子明穿越地底庭院，走到一面山壁前，壁上有個洞口，洞口上有塊匾額，其上燙金字體，書有「**大同洞**」三字。我看了看那塊匾，又看了看吳子明，完全不知道該說什麼。

「弟子吳子明求見。」吳子明恭恭敬敬地對著洞內說道。

「進來。」一個聽起來也不特別蒼老，不過頗具威嚴的聲音自洞內傳來。

「弟子還多帶了一個人來。」

「是什麼人？」

「有緣人。」

「一起進來吧。」

我跟著吳子明入洞，入洞後又嚇了一跳。大同洞裡的景象跟洞外是完全不同的光景。除了鐘乳石筍，別有洞天之外，還擺滿了電腦伺服器跟許多監視螢幕，以及伺服器後方的一座大型冷卻機房。所有螢幕通通面對一座可容納十人工作的超大工作站台，桌面上擺滿了電腦線材和儲存設備，還有許多速食店的外帶紙袋。桌前擺著一張殘破不堪的辦公椅，椅子上坐著一名穿著西裝褲跟運動衫的中年男子。除去古色古香的洞府擺設不看，整個大同洞就像是電影裡的駭客基地。

中年男子自椅子上站起，轉過頭來。此人一派正氣、眉宇浩然，一看就知道不是凡塵中人。他對吳子明點點頭，然後又轉過頭來對我笑了笑。

「這位是大同眞君。」吳子明立刻介紹道。「這位是錢曉書先生。」

我不知道該怎麼稱呼他，只好開口道：「眞……眞君。」

「不必客氣。」大同眞君伸手在我面前搖了搖，接著又搖了搖頭，說道：「錢先生印堂黑得厲害，最近倒楣透了？」

我用力點頭：「是呀，非常倒楣。」

他兩手一攤：「命中註定，就不要想太多了。不好意思，我有事要忙，暫時不能招呼你。」說著轉向吳子明：「子明，過來看看這個。」

吳子明順著他的手指看向工作站前方的主螢幕。螢幕上顯示的顯然是一個監視畫面，畫面上是一棟建築走廊的一角。大同眞君在鍵盤上按了幾下，監視器上的影像倒帶，再度播放的時候，一個身穿白襯衫、西裝褲，頭上戴著西裝圓帽，手裡拿著運動背包的人出現在螢幕前方，神態自若地自畫面的另一邊走了出去。

吳子明將目光移到螢幕右下角，說道：「這是總統府西側三號攝影機。這傢伙用帽子遮住臉，看不見容貌。不過也看不出什麼特別的？」

大同眞君再度按了下鍵盤。螢幕快轉之後，攝影機裡出現同一個人從來時方向離開的畫面。

「他的背包空了。」吳子明道。

大同眞君點點頭。「這是十五分鐘前拍攝到的畫面。」

吳子明立刻站起。「現在出去還有可能攔截到他。」

「那麼容易還需要找你下來？」大同眞君搖頭。「整座總統府裡只有這具攝影機拍攝到這個人的影像。西三攝影機附近有廁所，不過廁所內部的隱藏監視器沒有拍到東西，窗戶上的動作偵測器也沒有反應。」

「侍衛隊有內奸？」

「我已經派人去搜了。附近沒有棄置的服裝，所以應該不是改裝後離開的。」

「那怎麼會……」

大同眞君出手一揮，打斷吳子明的話頭。「你本末倒置了。當務之急不是找出此人身分，而是找出他留在總統府裡的東西。警犬沒有用，所以要你幫忙。」

我聽得直眨眼，頗有目瞪口呆的感覺。以上對話怎麼聽也不像是出於一個道號大同眞君的高人之口。

吳子明點頭：「既然老師吩咐，子明……」

「別廢話了，動手吧。」

吳子明不再多說，伸手到身後，自腰間摸出一根包有錦緞的棒狀物體。就看他拿著那根東西在手裡一抖，錦緞隨即展開，原來是一面小旗子。旗面並不華麗，也沒有繡上什麼特別的圖樣，但是不知怎地，就是散發一股詭異的感覺，隱隱透露出逼人寒氣。我並非修道之人，看不出這東西是正是邪，不過既然是天地戰警的人在用，應該不會是什麼妖邪之物。吳子明高舉旗子，口中唸唸有詞，登時大同洞中風聲四起，不過卻不見有風拂來。

我神色疑惑，正作沒理會處，大同眞君竟然來到我身邊，爲我解釋道：「子明這件法寶，名叫『招妖幡』，是上古時期女媧娘娘用過的東西。當年紂王失德，因見女媧神像美貌，竟起色心，於神像前作詩褻瀆。女媧見詩大怒，以招妖幡招來天下群妖，然後吩咐眾妖退去，只留下軒轅墳中三妖，吩咐牠們託身宮院、惑亂君心，終於引發後來妲己亂政，西歧封神之事。子明道行不深，當然招不了天下群妖，但是要招來一兩頭修煉精怪總還是辦得到。天下精怪各有所長，要借助鼻子靈光的精怪，找牠就對了。」

此時吳子明唸咒完畢，手一抖，將招妖幡插入土中。就看平凡無奇的小旗子突然閃動五色光芒，綻放出數條祥瑞之氣，接著金光一閃，洞中霎時多了一頭大狗。此狗人立起來與成年男性一般高矮，頸中毛多，相貌酷似雄獅，牙尖嘴利，肌肉糾結，是一頭萬中選一的純種藏獒。

「這是嘯天犬，二郎神的寵物。」眞君道。

「眞的假的？」我忍不住道。

吳子明雙掌於胸前交叉，接著猛力向外一翻。嘯天犬低吼一聲，轉身對準電腦螢幕一竄，隨即衝入螢幕之中，出現在西三監視器的監視範圍裡。

我嚇了一跳，指著螢幕問道：「牠不會嚇到人嗎？」

「普通人看不見的。」大同眞君走到電腦前，操縱按鍵轉換監視器畫面，一路追蹤嘯天犬的蹤跡。

吳子明放下雙臂，輕輕吐了口氣，然後走到我身旁。「你問我擅長什麼法寶，這下可看見了吧？」

「佩服、佩服。」我說著，指向滿洞的電腦設備，爲了不打擾眞君做事，刻意壓低聲音問道：「爲什麼這麼多現代科技？這似乎不太符合修道高人的身分呀？」

吳子明還沒回答，眞君畢竟還是聽見了。他目不轉睛地盯著螢幕，一派輕鬆地說道：「現代跟一百年前的中國，以及那之前的數千年比起來已經大不相同了。修煉是全面性的，切記不可閉門造車，對於世俗科技更不應該一味排斥。不要以爲靠著冥想打坐就可以得道，如果不願意跟上時代的腳步，那就只有回歸深山、永不出世一途。」

這時，畫面上的嘯天犬在一面牆前停下腳步。牠抬起前腳，在牆面上拍了三拍，牆面登時隱現金光，隨即消失不見，露出後方的一個鞋盒。嘯天犬回過頭來，對著螢幕「汪汪」兩聲，然後轉身繼續前進。

「東西已經找到了。」吳子明說。「牠現在要去追蹤神祕人的足跡。」

大同眞君「嗯」的一聲，拉近鏡頭，對準牆中的鞋盒，然後伸手進入螢幕，將鞋盒拿入洞中。我繼續瞪大雙眼，說不出話來。

「這只是普通的塑膠炸藥，因爲牆上凝聚的法力讓警犬聞不出來。」他打開鞋盒，也不

怕炸彈爆炸，順手拔出插在上面的雷管，然後走到工作站台旁，將鞋盒跟雷管通通丟到標明「資源回收」的大垃圾桶裡。

我深吸了一口氣道：「有人……要暗殺總統？」

大同眞君點頭：「不需要那麼驚訝。暗殺總統是每天都有人想幹的事。只不過眞正出手執行的，頂多半個月一件而已。想要總統的命，得先通過我這一關，而我這一關並不怎麼好過。」他說著轉身面對吳子明：「對方能夠躲過我的法眼，足見其道行不低。嘯天犬要找出他來，得花點時間。先來說說你們找我有什麼事吧？」

吳子明隨即將綑仙索買賣一事說了出來。大同眞君聽罷，想了想道：「喀巴拉的修煉道友？我可還沒機會跟他們交流呢。不過，我想你應該不用擔心他們會想拿綑仙索來對付我，因爲這種人應該對暗殺台灣總統沒有興趣。」他說著轉動滑鼠，在螢幕中叫出我不曾見過的網路瀏覽器視窗，然後鍵入一長串密碼，登入一個叫作「世界修煉網」的網站之中。

大同眞君神情頗爲得意，轉頭跟我解釋道：「這是我跟來自世界各地的十幾名道友，經由聯合國安理會以及十大強國情報單位出資，合力架設出來的網站。基本上是用來監控各國修煉者的修煉道行以及行蹤，以防有人妄想開啓什麼征服世界的計畫。」

我聽完後直覺想要問他：「這合法嗎？」不過，後來想想今天晚上所經歷過的一切似乎都跟「合法」這兩個字沒有多大關係，所以就乾脆不要多問了。

「阿齊阿里……阿齊阿里……」眞君在網站中交叉搜尋，最後螢幕上跳出一張照片跟一些個人資料。「有了。這個阿齊阿里是三年前突然出山的道友。在那之前沒有任何記錄，出山之後也不曾幹過什麼大事。要說跟恐怖分子掛勾的話……」他又鍵入幾個著名恐怖組織的名稱，不過沒有任何結果。「應該是沒這回事。」

吳子明讚歎道：「老師，你這套系統什麼時候才能正式轉給天地戰警上線使用呀？」

「我當然要先測試個十年八年的，確定沒有人能夠駭進這套系統才能正式開放。修煉界的資料如果遭人駭入，天下可就亂了。先來看看這傢伙道行如何。」他說著在阿齊阿里的資料上方點選「道行」標籤，結果畫面一轉，居然出現一堆亂碼。「看吧，這不就被駭了？」

我皺起眉頭：「這種還沒正式開張的網站，也會被駭？」

眞君移開鍵盤，雙手抱胸想了想。「我有放出一點風聲，讓一些道友以及世界上的頂尖駭客知道這個網站的存在。不這樣的話，怎麼測試網站的安全性？這叫作『開放測試』，洋文就叫作『Open Beta』，簡稱『ＯＢ』。」

我目光一轉，很想看看這個洞裡有沒有任何跟線上遊戲有關的東西，並且在心中猜想天地戰警的縮寫「ＴＤＣ」是不是就是大同眞君取的。

「無妨。既然對方已經來到台北，我就可以親自試探他的道行。」他站起身來，離開工作站，走到洞中角落一塊大石頭旁。只見他伸手一揮，石頭上綻放出一道白光；接著他兩指一比，白光衝天而起，登時將大同洞照耀得有如白晝。接著他將手掌輕輕放下，白光隨之灑落，逐漸轉淡，最後在石頭上留下一棵閃耀著幾顆光點的小樹。

我跟吳子明立刻圍了過去，與大同眞君一起在石頭旁蹲了下來。

「這是喀巴拉生命之樹。」眞君解釋道。「是喀巴拉修煉者的修煉基礎。生命之樹中有幾種相應而生的力量，稱爲賽飛羅，也就是樹上這些光點所代表的東西。」他指著樹上的光點，輕嘆一聲。「喀巴拉教義是個滿有趣的學說，他們賽飛羅的觀念一方面可以跟宇宙論中的大爆炸相呼應，一方面又能跟中國傳統修煉界生生不息的道理相結合。總之……」他看了我們兩個一眼，搖頭道：「我不是來跟你們上課的，還是長話短說吧。總之，每一個喀巴拉修煉者都有自己的生命之樹，藉由觀察他們的生命之樹，我們可以看出該修煉者的基本性格、特徵、命運，以及道行。」

吳子明問：「這棵就是阿齊阿里的生命之樹？」

大同眞君點頭：「沒錯，我已經鎖定他了。」

「那老師知道他在哪裡嗎？」

眞君笑了笑：「在台北市。」

我不知道吳子明有沒有暗地裡腹誹，總之我心裡浮現了「廢話」兩個字。

大同眞君繼續微笑：「他設下了反偵測的魔法，不是那麼容易定位的。我能鎖定他是因爲台灣的中東人不多，會喀巴拉魔法的人更少，我只是鎖定了其中道行最高的一個，暗中偷窺他的生命之樹罷了。我要是什麼都能從這裡做，還要你們TDC做什麼？」

眞君看了看生命之樹，指著最下面的一顆光點道：「這是代表賓納與喬奇馬的賽飛羅。賓納是人類的邏輯、理性；喬奇馬是本能與創意。這兩種賽飛羅背道而馳，而這個光點就代表了此人在這兩種特徵之中所取得的平衡。看來阿齊阿里比較偏重喬奇馬，也就是說他比較感情用事，不好墨守成規。這種人不按牌理出牌，要掌握他的行蹤並不容易。」

我仔細看了看眞君指的那道光點，發現其實十分接近樹的中央，雖然說比較偏向所謂的喬奇馬，但也沒有偏移多少。

「這是吉維拉跟卻斯德，審判與憐憫。」眞君指著第二道光點。「吉維拉代表黑白分明，絕不法外開恩；卻斯德乃是審判的反面，仁慈的象徵。此人偏向卻斯德，表示他遊走灰色地帶，不以二分法看待人情世故。處事圓融變通，絕非冥頑不靈之人，跟他講道理是講得通的。」

「霍德與奈沙克，內在與表象。」眞居繼續道：「此人神元內斂，城府甚深，即便是最親信的人，也很難看出他的圖謀。不過他道走中庸，不取極端，是個有理想有目標的人。他目光遠大，會幹的都該是大事，暗殺台灣總統這種不著邊際的小事，相信應該是他所不屑為的。」

他若有所思，沒有繼續說下去。過了一會兒，我指著最後一個光點道：「那這個呢？」

「凱特跟馬可哈特，精神與物質，神性與人性。兩者若能取得平衡，就可以接近神。」

我攤了攤手：「眞君，你說從光點分布來判斷此人，但是在我看來，這四顆光點都很接近樹的中心呀。」

「這就顯示出此人道法高深了。」眞君道。「喀巴拉修煉的宗旨，就是在這四種相對的力量之中取得平衡，所有賽飛羅越接近中央，修煉者就越接近神。生命之樹的中央就是人神交會的地方，人類與上帝對談的所在。如果將所有賽飛羅都修煉到在這一點交會的話，依照我們中國修煉界的說法，就是此人已經得道升仙了。」

「那他……」

「不錯，此人道術高深、法力精湛，距離成仙得道不過一步之遙。」他轉而面對吳子明：「如果TDC無法早他一步取得綑仙索，那就需要我或張天師親自出手，你們千萬不要輕舉妄動。」見吳子明點頭，他又道：「如果有機會，跟他談一談，弄清楚他的意圖，先禮後兵比較恰當。」

「弟子盡量。」吳子明說完，「咦」了一聲，轉頭看向工作站，說道：「老師，嘯天犬找到炸彈客了。」

我們三人立刻回到一堆螢幕前。只見主螢幕上，嘯天犬站在一間廁所內，對著其中一間馬桶隔間低吼，隔間中有一個男人，身形時隱時現，頗有日本恐怖電影中亡靈走路的效果，看起來甚爲詭異。

「原來是名冤魂，難怪躲得過攝影機。」

「鬼魂怎麼進得了總統府？」吳子明語氣驚訝地問。

「所以我說他是冤魂，還是死在總統府裡面的冤魂。」大同眞君道。「只有這種陰魂不散的地縛靈才有可能潛伏在我所看管的房舍中作祟。」

我奇怪道：「總統府最近有死人嗎？」

「就我所知，應該沒有。雖然我只負責保護總統免於修煉界的危害，平常不會去管政治界的骯髒事，不過如果發生了這種事情，應該還是逃不過我的法眼。」他說著冷冷一笑。「簡單得很，把他抓過來問一問就知道了。你們還要趕去通知張天師，是嗎？子明招回嘯天犬，先出去吧，我有話跟有緣人說。」

吳子明鞠躬行禮，收回招妖幡，當場退出洞外。

我見大同眞君撩起衣袖，似乎已摩拳擦掌準備伏魔降妖，我問道：「眞君，爲什麼不讓吳先生留下來幫你？」

「此人枉死於總統府中，不管有何冤屈，總是不可告人。ＴＤＣ雖然不需要跟總統報備，畢竟還是政府單位，這種事他們少知道一點，也少一點麻煩。」

「那我……」

「你也不會知道的。」他伸手在我的天靈蓋上輕輕一拍，點了點頭，說道：「有緣人，我請你暫留只是要奉勸你一句話。ＴＤＣ本質上就是一個一群小孩拿著大人玩具玩耍的單位，跟他們爲伍，你要好自爲之。」

我想不到他會跟我這麼說，愣了一下後，隨即想起吳子明之前提到的事。「眞君是擔心……陳天雲的事情重演？」

「喔？你已經聽說過他的事情了？」眞君說著，眉宇微微顯露出些許哀傷。「天雲是我的閉關弟子，當年我對他期許極高。時至今日，我依然不敢相信他居然會有如此的道德缺陷。待在ＴＤＣ，連天雲那種人都能夠腐化，難保其他人能夠把持正身。總之套句俗話，你照子放亮一點就對了。」

我謝過大同眞君，轉身朝著洞外走去。就看他跟我微微點頭，然後一把就抓入電腦螢幕之中。

ch.6 道德天師

我跟著吳子明走過小橋流水，進入地底電梯。電梯中，兩人面面相對，沉默到有點尷尬。我很怕他問我眞君跟我說了些什麼。不過幸好他並沒有問。在發現我神色之間透露出些許不自在的情緒後，他對我笑了笑。

「修道之緣，玄之又玄。」他道。「不管眞君跟你說了什麼，必定有他的道理在。照我說，你順其自然就好，不必想太多。」

我擠出一個笑容，心想「他叫我提防你，這也有道理嗎？」嘴裡說道：「除了順其自然，我也不知道能做什麼呀。」

我們出了電梯，又做了一次安檢程序，然後離開警衛室，走出了二二八公園，上了他的車。

「現在我們要去逸仙直銷。」他發動車子，掉頭回內湖。

「爲什麼你不打個電話知會一聲就好了？」我好奇問道。

「這麼重要的事我怕有人竊聽。」吳子明邊開車邊道。「但是最主要的原因是，這兩位高人都不是隨隨便便可以見到的。有機會跟他們面談，我幹嘛打電話？」

夜比剛剛更深，車子也開得比剛剛更快。我利用空檔，將在大同洞中發生的事情好好想了想。招妖幡？厲害，厲害。這件法寶如果歸我所有，我會拿來幹些什麼事？依照隱身符那種年少幻想的道理來講，我是不是會招個狐狸精來溫存一下先？嘯天犬隨隨便便就遁入總統府，或許我也可以招來什麼妖精，幫我遁入台灣銀行去搬點鈔票出來花花？

我轉頭看了看吳子明。這個人英姿挺拔，十足帥氣，看起來就不像是個坐懷不亂的正人君子。狐狸精？哈囉？有沒有召喚過呀？一定有吧？不要假仙了啦？身爲男人，心照不宣嘛……

我咳嗽一聲，收拾自己的心神。我想，大同眞君說得不錯，一群小孩子玩弄大人的玩具未必是什麼好事。就算吳子明當眞招過狐狸精，以現在的道德觀來看，也不是什麼了不起的大事，但是這種事情……有一就有二，ＴＤＣ的探員只要一時不察，難保不會踏上歪路。與他們爲伍，的確要小心爲上。

「怎麼了？」他突然開口問道。「我臉上有什麼嗎？」

我心裡一驚，故意笑道：「沒有。我只是在想雙燕。」

他嘆了口氣，神色眞誠地道：「現在擔心李小姐，只是在折磨你自己。我相信她既然能在美麗華那裡逃出生天，一定有她過人之處。我跟你保證，我一定會竭盡TDC所有的資源來搜尋李小姐的下落，並且保護她的安全。」

我臉色微微一紅，對自己竟然懷疑他有沒有招狐狸精而感到羞愧。不管此人私德如何，他到現在爲止可沒有虧待過我。我竟然因爲別人幾句話，就拋開對他的尊重，眞是不知道該從何說起。「謝謝你。」我說，然後轉頭看向前方的道路，不再繼續亂想。

我們很快來到內湖科學園區。凌晨兩點的園區當然一片冷清，不過還是有些辦公大樓裡透出點點燈光，而且還爲數不少。研發人員，可憐的研發人員。科技新貴的傳說早已被政府打破，而這些人還是必須每天在公司加班到半夜。他們爲了什麼？更好的明天嗎？更差的身體狀況？他們根本無法獲得同等的報酬呀。我很慶幸自己小時候沒有選擇第二類組，不必成爲他們的一員。但是不是研發人員並不表示就不用加班，我也曾經有過在公司待到將近午夜的經驗。爲了什麼？六個月的失業給付嗎？

或許，丟了工作對我而言也是一個改變的契機？

車子停了下來。

我們推開大門，進入辦公大樓，在警衛服務台登記姓名，然後直奔四樓，來到逸仙直銷。門口的櫃台小姐已經下班了，不過落地玻璃門旁的光線還是打得極爲雅緻，彷彿在這個時間裡，公司裡依然有人在等待客戶上門一般。吳子明在門旁的電鈴上按了兩下。櫃台旁邊的小門後立刻傳來人影晃動，接著一個男人急急忙忙地衝了出來，開啓門鎖，拉開了玻璃門。

「唉，眞對不起，兩位老闆，我沒想到這時候還有……」

「道德師叔，我是子明呀。」吳子明立刻說道。

張經理抬頭一看，隨即收起笑容。「去你的。這麼晚來找我幹嘛？」跟著側頭看到吳子明身後的我，笑容馬上又回到臉上。「唉呀，錢老闆？你又來光顧啦？怎麼著？改變心意了嗎？是願意幫我們行銷？還是想要跟我修道呀？」

我聽說了張經理的來頭，本來對他產生了一些敬仰之情，但是一看到他本人，馬上又覺得敬仰不起來。

我點頭微笑道：「想不到張經理深藏不露，原來是有頭有臉的人物。先前如有不敬……」

張經理哈哈大笑，揮手打斷我的話頭。「那些都是虛名，就像浮雲一樣。」他看了看我，又看了看吳子明，突然臉色一沉，說道：「你怎麼跟ＴＤＣ的人搭上線了？我說眞的，跟他們混不如跟我混。我們兩個聯手搭檔，一定可以將修煉界推廣得有聲有色。」一看我跟吳子明同時張口欲言，他馬上伸出雙手，把我們兩個都拉進門內，說道：「先別廢話，進來看看我的新發明！」然後我們兩個就身不由主地被他帶進公司內部一間標明爲「研發室」的房裡。

「我想了又想，覺得錢先生下午說得沒錯，我們的產品的確需要包裝。」張經理說著，拿出一支充滿過時時尙感的白色機殼，看起來很像十幾年前紅透半邊天的i-Pod。

「你看看，我把符咒裝入機殼之中，利用這塊轉盤，可以選擇功能。你一定在想有什麼功能可選吧？聽了可不要嚇一跳，我已經研究出一個將三種符咒置入同一個機殼中的方法。哪三種？就是隱身符、定身符以及護身符，我將它們取名爲三身符，三符一起賣，當然有折扣。我都想好廣告詞了——『有三符，好舒服！』。你說說看，這樣還能不賣出個八萬、十萬張的嗎？」

我伸手搔頭，吳子明則逕自跑到旁邊的飲水機倒水喝。這麼尷尬了一會兒，張經理依然滿懷期待地看著我，我只好咳嗽兩聲，正色說道：「呃……那個……廣告詞可能需要斟酌一下……然後……張經理沒有想過使用網路拍賣嗎？」

張經理搖搖頭：「當然想過，但是大家都以爲我是騙人的，東西還沒賣出去，負評就一大堆……」

我道：「我最近聽說過一個叫作奇怪拍賣的網站，相信那個網站的買家不會認爲你是騙人的。」

張經理嘆了口氣：「會上奇怪拍賣的人當然不會這麼認爲。但是奇怪拍賣的顧客群鎖定在暴發戶，沒有個百萬美金的存款是沒辦法開啓帳戶的。再說，那裡的商品起標價規定要在五萬美金以上。一張隱身符要賣這個價錢，大概推廣不出去吧？」

我心想雙燕原來有這種身價？看來她跟我在一起眞的是委屈她了。

「說眞的，張經理，你是千年高人，所謂一法通，萬法通，不如直接去找間大學推廣部修個行銷學位回來，也要不了你多少時間呀。」

「好哇！正所謂一語驚醒夢中人！學海無涯，多學一門學問也是好事。只不過好的經理人才並不在於全盤皆通，而是要懂得知人善任，尊重專業，我總不能凡事通通親力親爲，這樣子對公司沒有好處的，是不是這麼說？」

「呃……」我實在接不上話，只能張開大嘴僵在原地。

張經理看我尷尬，搖頭笑道：「行銷不好做，產品總是好的。」他說著，將三身符塞入我的手中。「拿去試用看看。就當是你加入ＴＤＣ的禮物吧。」

我忙搖手：「我只是協助辦案的臨時雇員而已。不算加入ＴＤＣ。」

張經理眼睛一亮：「他們付你多少錢？我出雙倍請你好不好？」

吳子明放下水杯，清清喉嚨，說道：「師叔，我們來找你是有正事。」說著再也不理會張經理插嘴，堅持將事情的始末說了一遍。

「喔，原來是這樣呀？」張經理聽完，沉吟片刻，說道：「所以你們認爲他可能是爲了偷取故宮法寶，所以先上網購買綑仙索來對付我？」

吳子明點頭：「有這個可能。」

張經理問道：「知不知道他想要偷什麼法寶？」

吳子明答：「沒概念。」

張經理微笑：「不，小子，答案早已呼之欲出，你只是沒用心想而已。」一看吳子明滿臉困惑，隨即得意洋洋地道：「阿齊阿里在奇怪拍賣的招標物品裡都寫得非常明白了呀。」

吳子明沉思：「他招標三樣物品，我只認得兩樣。『綑仙索』跟『莎翁之筆』。至於『Carcass of the Holy Monk』，我一時之間想不出是什麼東西。」

張經理提示道：「往莎翁之筆的方向去想。」

「莎翁之筆……」吳子明皺起眉頭，用心思索，過了一會兒，臉上浮現恍然大悟的神色，進而轉為驚訝莫名的表情，說道：「師叔是說，他想要偷取……」

「沒有錯！」張經理以誇張的動作指著吳子明的鼻子說道：「對方想偷的正是『唐僧肉』！」

一點也不誇張，我聽完當場踢翻了腳邊的椅子，在地上摔了個四腳朝天。唐僧肉？有沒有搞錯？我從地上爬了起來，說道：「對不起！請問你們是說那什麼『神聖僧侶的屍體』，就是《西遊記》裡面的唐僧肉嗎？」

「是呀。」張經理補充道：「吃了會長生不老、道行精進的那個。」

「唐……唐三藏不是……」我在腦中轉了轉，回想著《西遊記》的結局。

「唐三藏不是修得正果了嗎？」

「說得沒錯，唐三藏修得正果……」張經理邊說邊自桌上拿起一把拂塵，隨手一揮，桌上竟多了一組古色古香的傳統茶具。就看他端起一杯茶，手中無端端多了一把扇子，一副武俠小說中茶館說書先生的模樣，說道：「當年唐僧來到靈山腳下，遇上一條大河，浪高水急，當中只有一條獨木可渡。齊天大聖說渡就渡，但是豬八戒就不敢走了，更別說要叫唐僧上橋。師徒一行人在河邊折騰了好一陣子，終於河裡來了一艘渡船，卻是艘無底船。大聖火眼金睛，認出擺渡之人乃是接引佛祖，於是催促眾人上船。唐僧半推半就，終於給拱上了船，不過一個失足便摔倒，幸虧讓擺渡之人接了過去。眾人通通上船後，河面上漂來一具死屍，那就是唐僧的屍體了。唐三藏修成正果，擺脫凡胎肉身，以元神之姿入靈山，取寶經。而他的肉身畢竟還是隨著河水流落凡間，從此銷聲匿跡，埋沒在塵俗的歷史之中。」

張經理說著另外倒了兩杯茶，分別遞給我跟吳子明，然後繼續說道：「直到明末清初，天下紛亂，明思宗崇禎皇帝眼見不敵外辱入侵，終於將希望寄託在道者之流，期能求取救國救民之道，或至少，求個長生不死之道。當年修煉界視滿清為外辱，所以願意入凡塵幫助明思宗。最後，救國救民沒救成，唐僧肉卻因此而出土現世。只可惜爲時已晚，思宗登煤山自縊，明朝敗亡，聖僧的肉身也再度遁入山林之間，成爲旁門左道之士欲得之而後快的至尊寶肉。」

我聽得目瞪口呆，過了好一會兒才問道：「所以……唐僧的肉身如今就躺在外雙溪後山？」

「沒錯。」

「那是……什麼樣子？」

張經理喝了口茶，湊過頭來道：「只有兩個字可以形容——『神聖』。」

我靠上椅背，臉上的神情十足悠遊神往。

張經理微微一笑，抓起拂塵，站起身來。「不忙想像，我帶你親眼去看一看，怎麼樣？」

我彷彿置身雲端，不由自主地飄了起來。儘管今晚已經見識太多匪夷所思的事，但是能親眼看到這個打從有記憶以來就聽說過的神話人物，依然給我一種如夢似幻的感覺。

吳子明跟著站起身，放下茶杯，愁眉深鎖地道：「但是師叔，事情牽扯到唐僧肉，那可棘手了呀……」

張經理不置可否，拂塵一揮，突然間滿室生煙，我頓時感到腳步虛浮，彷彿踏不到實地。接著眼前一亮，我們已經置身在一座煙霧瀰漫的山洞之中。

張經理咳嗽兩聲，揮開了眼前的煙霧，苦笑道：「獻醜了。爲了推廣道術，我最近研究在法術中加入一些不必要的特效。這次是……乾冰放太多了。」他拂塵一捲，隨即將四周的乾冰通通吸光。接著指著如今身處的簡單小山洞，說道：「這裡是外雙溪道德洞，也就是我的洞府。當然，爲了職務方便，我這裡跟故宮寶窟連在一起，以確保出事的時候可以隨時趕到。」

「這叫作……這算是……」我心中尋找著形容這種瞬間移動法術的詞彙，卻怎麼也想不出一個恰當的說法。

「這只是一道回歸本位的法術，讓我可以從任何地方立刻回到道德洞中。這並不表示我可以隨時出現在任何地方。因爲如果我隨便亂傳的話，連被車撞死了都不知道是怎麼死的。」他邊說邊帶著我們走出山洞。他的道德洞比大同眞君的大同洞小多了，其內擺設只有一張木床以及一張餐桌，看來他待在公司的時間比待在家裡的時間要長很多。

推開山洞洞門後，面前豁然開朗，我們進入了一條十分寬敞的岩壁通道。通道兩旁都有黯淡的黃光照明，右手邊向外延伸，看不見盡頭，左手邊是一座金庫大門，門上寫著「法寶庫」三字。張經理一邊在寶庫旁邊的面板上按下密碼，一邊說道：「我一回到道德洞就可以直接進入法寶庫，但是如果你想要從外面入侵的話，就必須通過這條全長三千六百公尺，布滿陷阱的山洞。說真的，很不容易。成了。」

他說完按下最後一個按鈕，金庫大門旁的山壁突然向後退開，浮現出一條小通道。我指著金庫說道：「法寶不是放在金庫裡面嗎？」

張經理笑道：「唐僧肉身並非法寶，沒有克敵制勝之類的效用。它是修煉界的至尊寶，我們特別開了一間石室來收藏它。」說著走入山壁洞口。我們立刻跟了進去。

進入石室之後，洞口立刻關閉，四周隨即亮起黃色的展示燈光。所有光線都集中在石室中央的一張石床上。床上躺了一名身穿黃衣袈裟的和尚，面目慈祥，體態聖潔，兩掌於胸口合十，全身綻放出柔和聖光。看來眞的只有「神聖」二字足以形容。我並非信佛之人，但在這具聖僧肉身之前，還是不由自主地湧出一股想要跪拜的衝動。張經理跟吳子明任由我在肉身之前朝聖，許久不發一言。我愣愣地看著唐僧容顏，不知爲何悲從中來，逕自流下兩行清淚。在淚水即將滴落於唐僧肉身之前，張經理突然伸手接過我滴下的淚滴，對我笑了笑，然後示意我走到一旁。

來到石室角落，張經理對我問道：「如何？」

我不好意思地伸手擦拭淚痕，輕聲說道：「我……我也不知道為什麼……」

「感動莫名？」

「是。」

「因為他是聖僧三藏法師。」

我抬頭看著張經理，心中突然熱血沸騰，浮現出一股不管怎樣也要守護聖僧肉身的堅定決心。雖然覺得自己很傻，不過我還是問道：「剛剛吳先生說事情牽扯到唐僧就會很棘手，那是怎麼回事？」

吳子明湊過來道：「保護唐僧肉身是一件很玄的事。當然如果覬覦他的是一般小妖毛賊，我們也不怕他們。但是一旦真有道法高強的道友打算竊取唐僧肉，那麼從古至今就只有一樣法寶能夠護得唐僧周全。不管我們派出多少人馬，只要該法寶缺席，就絕對守護不了。這是冥冥之中的定數，是三藏法師的命運。千百年來都不曾打破過。」

「哪樣法寶？」我問。

「金箍棒。」吳子明答。

我先是深深地吸了一口氣，接著用力點頭：「非常合理。請問我有機會見識到金箍棒的風采嗎？」

吳子明跟張經理同時搖頭。「這就是棘手的地方了。」張經理又拿出扇子，說書道：「金箍棒乃是古往今來最強妖精的神兵，是齊天大聖的驅魔利器，是鬥戰勝佛的伏妖法寶。它就跟其主人一樣吸取了天地精華，成爲三界之間的法寶極品。流落凡間之後，曾一度引起修煉界眾道友爭相搶奪。然而金箍棒就跟綑仙索一樣，不是隨時隨地都有發揮的餘地。少了齊天大聖震古鑠今的道法配合，它始終不過是一根能伸能縮的棍子罷了。」

「南宋之時，金箍棒不甘寂寞，決定自行修道，找出自己的修煉之路。它影響過往人心，輾轉落入成吉思汗手中，隨著蒙古大軍西征，席捲中古歐洲，最後遠渡重洋，抵達英國。幾個世紀之後，遇上有緣人，終於改頭換面，成就了自己的力量，不再是一把專靠蠻力打打殺殺的武器。」

我想到剛剛在逸仙直銷聽到的言語，喃喃說道：「莎翁之筆……」

「沒有錯。」張經理道。「金箍棒遇上的有緣人，就是十六世紀的英國文豪威廉・莎士比亞。當年它化身爲一枝鵝毛筆，伴隨莎翁寫下無數撼動人心的文學名著、舞台劇本，開創了一個又一個令人神往的幻想世界。時至今日，仍然有不少人醉心於莎翁筆下的世界，電影不斷翻拍，舞台也時時上演，影響後世之深遠……」

「但是一枝筆怎麼能夠……」我實在太好奇了，忍不住搶話問道。

「你聽不出來嗎？」張經理語氣讚歎地道。「那是一枝可以開創世界的筆！」

我聽不明白，愣愣地問道：「你是說……」

「用這枝筆寫下的故事都有機會成眞。」張經理道。「只要寫的人文筆不要太爛就好了。」

我雙眼大張，說不出話來。

吳子明補充道：「師叔的說法太誇張了點，其實莎翁之筆自視甚高，只會在它所認定的有緣人筆下發揮效用。像師叔這種得道高人，文筆自不在話下，道術又是頂尖，當然可以駕馭莎翁之筆。要是一般ＴＤＣ的探員，就不太可能使用它了。」

我問道：「寫故事能成眞又怎樣？」

「當然就能影響現實了。」張經理道。「能夠發揮莎翁之筆道法之人做什麼都方便。比方說筆的主人如果想要搶銀樓……」他說到這裡，故意看了我一眼，看得我面紅耳赤。原來他的天眼通老早就將我看透了，萬一我早上眞的搶了銀樓，不知道他會不會將我移送法辦？

「他就可以用筆寫下讓銀樓警衛全部消失的敘述。警衛當然不會憑空消失，但是筆卻有能力讓他們在突然間通通需要拉肚子或老婆要生產之類的，反正全部跑光，讓你大搖大擺走進去搬空銀樓。莎翁之筆是以一種十分微妙的方式作用，道力所及足以影響天地之間所有因果關係，當眞是法寶界中的極品。只要有緣，建議一定要試一試……」

吳子明忙道：「師叔這樣講太……那個了吧……」

「建議建議嘛，又不是說一定要叫人家去試。」

我忍不住好笑，問道：「莎翁之筆既然如此厲害，那又爲什麼棘手呢？」

「因爲這枝筆目前不在天地戰警的掌握之中，而是隨著一名前天地戰警探員的失蹤而一併下落不明。」張經理說著，瞪了吳子明一眼，神情有點怪罪地說道：「陳天雲這個人，我想你應該聽說過了。莎翁之筆就是他隨身修煉的法寶。」

我點了點頭，心想這樣果然棘手：「你們說這魔頭已經失蹤三年了，現在要把他找出來只怕不容易吧？」

「不容易也要找，唐僧肉身絕對不能落入旁門左道的手中。」張經理這句話說得正氣凜然，眞的讓我感到此人道號「道德天師」絕不是浪得虛名。他領著我們向洞口石門走去，邊走邊道：「當務之急，是要找出陳天雲的下落。在莎翁之筆重出江湖之前，且看老道有沒有本事保護唐僧周全。」

我聽他說得熱血沸騰，正想就著話頭說上兩句，卻見張經理推開石門，神情隨之一愣。我跟吳子明順著他的目光看去，赫然發現石室門口站有一個黑衣人，正拿著一堆工具拆解法寶庫的密碼面板。我們四人相對一看，全都面面相覷。黑衣人突然回神，對準張經理的老臉狠狠揮出一拳。張經理動也不動，坦然受之，接著眨了眨眼，黑衣人當場向後飛出，重重地撞在對面的石壁上。

吳子明正要奪門而出，卻被張經理出手攔住。他雙掌於身前一抹，登時將我們三人籠罩在一道光幕之後。我還沒搞清楚發生了什麼事，光幕外突然傳來幾聲震耳欲聾的槍響，接著光幕上爆出幾道火花，然後又有子彈彈開的聲音。對方開了幾槍，立刻轉身逃跑。這時吳子明已經拔槍在手，待張經理光幕一撤，立刻就追了出去。

我本能地就要跟出去，但突然意識到自己好像是去送死，於是一腳剛踏入半空，立刻又縮了回來。接著我覺得自己這種行爲有如懦夫，登時臉色一紅，偷偷瞄了張經理一眼。看他面帶微笑看著我，我心中突然燃起一股勇氣，一股剛剛打定主意要守護唐僧肉身的勇氣，以及一種渴望找回雙燕的決心，我眼神一凜，堅定心意，毅然決然地踏出石門。

接著馬上又被張經理扯了回來。

「錢先生，你想清楚，這一追出去，你就等於是蹚入一場永遠也跳不脫的渾水之中，再也沒有回頭的機會了。」

我只猶豫了一秒，立刻回道：「從我愛上雙燕的那一刻開始，就已經註定無法回頭。」

「好，既然是性情中人，我也不再多說。把i-Pod拿……不是，把三身符拿出來。」

我照做。

「轉到護身符，然後按啓動鈕。」張經理側身讓道。「好，你去吧。」

我啓動了護身符，接著追了出去。

ch.7
洩漏身分

我來到後山寶窟主通道中，對著寶窟反方向衝去。這條據說延伸三千六百公尺的洞穴通道十分寬敞，足夠二十人並肩而行，不過有點彎曲弧度，大概只能看出三、四百公尺左右的距離，無法一眼看穿洞口。此時我的眼前空無一人，吳子明跟黑衣人都已經跑到我的視線範圍外。我心中一愣，不禁要想這兩個修道人是不是跑得比正常人快上許多。正在懷疑自己是否有能力追上他們的時候，通道轉角處傳來火光，接著又是幾下回音陣陣的槍響。

我加快步伐，衝了上去。這時，我開始發現通道中大概每三十公尺就有一台監視器，而每台監視器旁邊都有幾台看起來就像高科技防盜用途的陷阱。從監視器跟陷阱外觀所有指示燈都沒亮的情況來看，整條通道的防盜措施似乎都被關掉了。

難怪對方能夠無聲無息地出現在寶窟門口。

我很快地奔到剛剛發出槍火的轉角，卻發現黑衣人跟吳子明且戰且走，早就已經不在原地，於是我只好繼續奔跑，沿著前方的槍聲追逐下去。

跑著跑著，我開始發現一個奇怪的現象：我已經跑了將近一千公尺，但是竟然臉不紅氣不喘，一點也沒有疲憊的徵兆。拜台灣過去幾十年拉攏選票無所不用其極的政策所賜，現今年輕人當兵只需要當一個月，新兵受訓七天，五百障礙減爲一百障礙，晨間跑步只要跑八百公尺。我是很看不起這種程度的體能訓練，不過我早幾年當兵時也不過每天要跑一千兩百公尺而已，而且整連弟兄大概跑到一千公尺的時候就會氣喘連連了。在這種情況下，我怎麼可能跑一千公尺都不當一回事？

口袋中緩緩傳來一股灼熱的感覺，顯然是張經理的護身符開始發揮效力。

接著我又感到額頭上隱隱流下一股清新氣息，似乎跟剛剛離開大同洞時，大同眞君在我天靈蓋上拍的那一下有關。

看來這兩個高人都十分照顧我這個有緣人，我之所以體能大增，八成是他們在我身上施展了某些法術所致。

「快低頭！」

吳子明淒厲的叫聲突然傳入我的耳中。我想也不想，立刻撲倒在地，感受頭皮上方掃過一道熱辣辣的熱風，接著聽見身後爆出一聲子彈擊中地面反彈的聲響。在我來得及抬頭之前，衣領已經被人一把抓住，身體有如風中殘葉般離地而起，登時出現在一台倒在地上的機器後方。

我吁了一口氣，探頭一看，發現轉眼間我已經被吳子明移動了十公尺左右的距離，而我連他的身影都還沒看清楚。所謂「人不可貌相」就是這個意思了。

「待在這裡，讓我處理。」

吳子明對我微微一笑，隨即從掩蔽物左方探出頭去，開了三槍。對方也回了三槍，雙方你來我往，就這麼在原地耗著。沒過多久，兩邊各自換起彈匣。吳子明換好之後，沉思一秒，對著機器後方叫道：

「道友，不要做無謂抵抗，立刻棄械投降吧。」

對方冷笑一聲，回道：「廢話，有本事就來抓我。道什麼友？誰跟你道友？」

「不識抬舉。」

吳子明眉頭一皺，臉上登時多了一道黑氣。在我這個外行人眼中看來，那似乎就是所謂的殺氣。我不知道該害怕還是佩服，只能默默地看著他。他將手槍交到我的手上，然後從身後拿出一塊盤子大小的金屬片舉在胸前。

我揚起眉毛，低聲問道：「什麼好東西？」

他移動到掩蔽物邊緣，說道：「鋼板，擋子彈用的。」說完立刻衝了出去。

洞穴中，槍聲連連，不過每一聲槍響之後都伴隨了一下子彈擊中金屬的聲音。我好奇心起，探頭察看，只見吳子明眼明手快，以手中鋼板擋下對方所有子彈，馬不停蹄地向著對方藏身處衝去。對方一排子彈打完，眼看吳子明已來到面前，也不驚慌，隨即放脫手中的手槍，開始跟吳子明近身肉搏。

吳子明中門直進，拳拳看準對方胸口揮出；黑衣人招招狠辣，爪爪對著敵人下陰出手。兩個人都是拳拳生風、招招到肉，打得跟武俠片裡沒什麼兩樣，而且還是鋼絲吊來吊去的那種武俠片。沒過多久，黑衣人左腳中了一腿，臉上又吃了一肘，似乎有點招架不住。就看他大喝一聲，動作變得飛快，拳打腳踢的聲響不斷，彷彿他突然之間生出了三頭六臂。吳子明冷冷一笑，尚且遊刃有餘，但是我已經看到眼花撩亂，根本分不出兩個人在打些什麼。

接著我突然發現，黑衣人並不是動作變快，而是他真的長出了六條手臂。

吳子明兩手向外一分，發出一陣勁風，黑衣人順著風勢向上飛出，重重撞在通道頂端，接著就用六條手臂插入石壁中，黏在洞頂不肯下來，與站在地上的吳子明遙遙相對。

吳子明側頭打量，輕聲一笑，說道：「原來是隻蜘蛛精。」這話不知道是說給我聽，還是說給他自己聽的。「跳樑小丑，不自量力。趁早下來投降，免受皮肉之苦。」

黑衣人伸手擦了擦嘴角鮮血，冷笑道：「我雖然不是你的對手，但是你要抓我也沒那麼容易。想不到天地大洞的子明眞人這麼大名頭，手底下的功夫也不過如此。」

吳子明「哼」了一聲：「看來不露一手，你是不會怕的。」說著昂然而立，正氣凜然，右手平舉胸前，比出一個手訣，手掌之中隨即綻放出一道藍光。我當然不懂什麼法訣、法咒之類的東西，但是他此刻手中捏出來的手訣，卻給我一種氣爲之塞的感覺，顯然是一種威力強大的法術。

黑衣人輕呼一聲，驚道：「仙手伏妖訣。」

「還沒完呢！」吳子明揮出左手，在右手訣中的藍光裡勾出一道線條，憑空寫下一道咒語。「這是伏妖訣裡的原形咒，怕了吧？」

黑衣人果然害怕，怕得當場在洞頂後退三、四步。

吳子明一手比訣，一手持咒，說道：「中了我的原形咒，你立刻就會被打成原形，數百年的道行，就算是白白廢了。妖孽，識相的話快束手就擒，供出主使你的人……」

黑衣人大喝一聲，自背上扯下一塊人頭大小的血紅毛囊，看準吳子明的方向丟來。吳子明正打算側身避開，卻見血囊硬生生在半空中凝止不動，接著向四面八方噴出紅絲，當場結成一張擋住整條通道的巨型蜘蛛網。

「大言不慚。等你抓到我再說吧！」黑衣人大笑一聲，手腳並用在天花板上爬行離去，轉眼即不見蹤影。

我自掩蔽物後方走出，來到吳子明身旁，跟他一起看著血紅蜘蛛網。蜘蛛網中央的血囊濕黏噁心，並且緩緩蠕動，似乎藏有許多活物。

「看來像是陷阱。」我評論道。

「顯然是。」吳子明一邊打量著蜘蛛網，一邊說道。

「怎麼辦？」

「硬著來。」

他自我手中取過他的手槍，然後拉著我後退兩步，接著瞄準血囊開了一槍。血紅蜘蛛網顏色一變，彷彿蜘蛛網上所染的鮮血全部融入血囊中。只見血囊突然間暴漲數倍，接著爆炸開來，噴出數以萬計巴掌大小的毛絨蜘蛛。

「蜘蛛哇！」我抖音叫道。「我最怕蜘蛛啦！」

吳子明早有準備，不過似乎沒想到會有這麼多蜘蛛。他拉著我拔腿就跑，轉眼間跑出十來公尺，接著回過頭口中唸唸有詞，在蜘蛛撲到我們身上前向上跳起，兩腳在地上重重一踩，洞中登時疾風勁起，火光四射，當場將附近的蜘蛛燒成蠕動的灰燼。我隨著他腳下的火焰騰空而起，飄在半空中看著他以右腳颳起的強風吹拂蜘蛛，再以左腳上的火焰將牠們燒成一片火海。火焰強，蜘蛛也多，足足燒了一分多鐘才終於燒光所有蜘蛛。蜘蛛死光後，他帶著我向前飄出數十公尺，離開了蜘蛛的灰燼範圍，這才緩緩落地，將我放下。

吳子明兩腳一踩，熄了風，滅了火，彷彿剛剛什麼事也沒有發生。

「風火輪。」他若無其事地說。「聲勢太駭人了，所以我不能在市區裡使用。」

我回頭看著滿地焦黑的蜘蛛，感到一陣噁心的氣味傳入鼻中，皺眉道：「佩服佩服，有機會借來騎一下吧。」這兩下佩服絕對不是場面話，而是打從心底散發出來的由衷佩服。本來看到吳子明在大同眞君跟張經理面前低聲下氣的樣子，我眞的很難想像他有多大本事。如今眞正見他出手，才知道什麼叫作人不可貌相。我轉頭看向通往洞外的方向。「但是你讓牠跑了。接下來該怎麼辦？」

他拍了拍我的肩膀，向前走去。「不怕，我們也有蜘蛛幫忙。」

我跟著他向洞口走去。一路上每隔數百公尺就有一個哨所，每個哨所裡有兩名警衛。吳子明逐一察看每名警衛的脈搏，發現他們都中了所謂的「迷煙」，昏迷不醒，不過並沒有大礙。吳子明解釋道：「通道前半段我們派了警衛駐守，後半段則完全交給道德師叔把關。一般世俗毛賊是不可能通過警衛巡邏範圍的，如果過得了前半段，那多半就要道德師叔這種高人才有辦法擺平。」

由於要確認所有警衛性命無恙，所以我們花了將近二十分鐘才走出洞外。到了洞外，吳子明拿出手機，聯絡總部，召來醫療小組的人員幫忙善後。交代完畢後，他比了比右手邊的停車場，說道：「我們去拿車。」

「你的車不是在科學園區嗎？」

「爲了防止突然被道德師叔傳來此地，ＴＤＣ在這邊停了一台公務車，以備不時之需。」

「是哪一台？」

「跟我那台一樣的黑頭車。」

我突然停下腳步，愣愣地看著前方，感覺全身毛髮都豎了起來，吞下一口口水，說道：

「就是……車頂趴了一隻大蜘蛛那台嗎？」

這時我們離那台車子大約還有十來步的距離。車頂的蜘蛛約莫有半台車身那麼大，似乎聽見了我的話，突然翻動巨大眼睛，對著我們的方向轉過身來。我嚇得雙腳發軟，顫聲道：

「蜘……蜘蛛呀……」

大蜘蛛張開毛茸茸的大嘴，口吐人言道：「你這凡人，沒有禮數，見到大仙還不下跪？」

吳子明站在我跟蜘蛛之間，介紹道：「這位是有緣道友錢曉書先生；這位是陽明山老蛛洞眞蛛大仙。今晚我們合作行動，兩位多親近親近。」

我瞪著吳子明，心想是要怎樣親近親近？有這麼大一隻蜘蛛趴在車頂，我根本連車都不敢上。在吳子明半推半拉強迫之下，我終於以很快的動作衝上前座。

吳子明接著上了駕駛座，發動引擎，敲了敲車頂，說道：「麻煩大仙指路。」

車頂的蜘蛛八肢一緊，似乎要將車殼擠爛，接著我就看見一條明亮的絲線自車頂上向遠方的道路延伸出去。

吳子明踩下油門，順著車前的絲線開了下去。

「我在對方身上黏了眞蛛大仙的蛛絲。只要順著蛛絲，就算對方躲到天涯海角，也逃不出我們的手掌心。」

我覺得我越來越可以習慣這些「道友」的老派用語了。而且講實在話，在這種奇怪的情況下，會說出這些小說裡才看得見的台詞，似乎也是非常自然的事。我壓低音量，側頭問道：「所以這位大仙也是你用招妖幡招來的？」

「我們是互相幫助。」

「爲什麼這些妖怪都喜歡自稱大仙呀？」

前方擋風玻璃上突然垂下蜘蛛的大嘴：「不識貨。叫大仙不知道有多好聽呢。」

我不再多問，心中暗想怎麼會有這種誤會？

車子開過外雙溪，行經自強隧道，進入大直的範圍，最後來到實踐大學後方的一條小山道上。夜深人靜，山道上的車輛不多，吳子明爲防行蹤暴露，於是在路旁停車，沿著山道繼續步行，眞蛛大仙在前引路。

「再一公里就到了。」大仙說道。

吳子明拿出手機，在上面按了幾下，調出一張衛星圖。「前方一公里處有一座建築工地，應該就是妖精的落腳處。不知道他們一行有多少夥伴，我們不該太過招搖。」他看了看地圖，指著工地北方的一個山頭。「這裡，我們先到置高點看看再說。」

我們捨棄山道，步入樹林，慢慢向上爬去。平常這種雜草叢生的山林我是絕對不敢走的，除了怕有蛇之外，主要是因爲怕蜘蛛。但是既然眼前已經有一隻大蜘蛛開路，那就跟著走吧。

我們花了將近十分鐘的時間，來到吳子明選擇的定點，兩人一蛛自山林中探出頭來，看著目標所在的建築工地。工地距離我們約莫五百公尺，建築外的空地打有燈光，此刻正有好幾條人影在其間走動。

吳子明拿出一副眼鏡戴上，調整著鏡片旁的轉輪，說道：「一共有五個人、三輛車。看起來像是來這裡會面，不是巢穴。如果他們跟中東人眞是一夥的話，那麼這群人一個晚上活動如此頻繁，肯定是想要速戰速決，辦完了事就閃人。來看看你們是什麼東西。」他說著按了按鏡架上的一個小圓環，看了一會兒道：「除了那隻蜘蛛之外，其他都是人。」

「現在怎麼辦？」

「當然是請求支援。」吳子明說著拿出手機，開始聯絡總部。不過在電話還沒接通前，他突然看著底下「咦」了一聲。

我心裡緊張，忙問：「咦什麼？」

「糟糕！蜘蛛絲被發現了！」吳子明隨即揮出右手，抓向眞蛛大仙。只可惜慢了一步，眞蛛大仙老大的身體突然憑空彈起，竟被底下的人沿著絲線扯了下去。吳子明豁地站起，拔出手槍，正要衝下山坡，腦袋後方突然被人用槍口抵住。

我回過頭去，發現我們身後站了三個人，每個人手裡都有槍。

十分鐘後，我們兩個被帶到工地前方的空地上。眞蛛大仙躺在地上，奄奄一息，也不知道如何讓人整成這副德行。我皺起眉頭，仔細看了牠一眼，發現牠嘴角還在蠕動，這才鬆了一口氣。工地中連抓我們的人在內，一共有八個壞人，將我們圍成一圈。剛剛的蜘蛛精迎向前來，二話不說就對著我們兩個的腦袋各打一拳。這一拳打在吳子明臉上似乎不痛不癢，但是我可是咬緊牙關才能忍住不叫出聲來。

「先不急著打。」蜘蛛精身後的一個男人說道。「子明眞人是有頭有臉的人物，我們可得講點場面話才行。」

我舔了舔嘴角的鮮血，抬頭看向說話之人。對方約莫四十來歲，身穿花襯衫、卡其褲、夾腳拖鞋，脖子上掛著的金項鍊粗到簡直可以用來打人。擁有這種外型的人一開口竟然不是講台語，實在讓我感到非常吃驚。

我側過頭去問吳子明：「他認識你耶？什麼角色？」

「一看就知道是小魔頭，不是什麼上得了檯面的角色。」吳子明答道。

領頭的流氓對蜘蛛精一點頭，蜘蛛精立刻又甩了吳子明一巴掌。吳子明笑嘻嘻地看著他們，臉上連一道紅印都沒有留下。

流氓道：「子明眞人果然厲害。不過既然落入我們手中，還是不要太囂張比較好。」他對旁邊的手下比了個手勢，說道：「把他們分開。」

壞人立刻將我拉到十步以外的地方。本來站在吳子明身邊，我還不太害怕。這時離他一遠，我立刻有點心虛了。我神色茫然，愣愣地看著吳子明。

「你們想怎麼樣？」吳子明問道。

流氓獰笑道：「我們想知道故宮法寶庫的密碼。」

「不知道。」

蜘蛛精來到我面前，自褲子口袋中抽出一把彈簧刀，二話不說就插入我的右肩。我沒想到對方說幹就幹，刀尖入體之初還不感疼痛，不過一秒鐘之後，強烈的痛覺襲體而來，我終於忍不住張口大叫。

流氓湊到吳子明面前，繼續笑道：「他有護身符護體，暫時還不礙事。但他畢竟是肉體凡胎，多插幾下，你也該知道後果。法寶庫的密碼？」

吳子明面露難色，說道：「我眞的不知道。」

蜘蛛精收回小刀，一手抓緊我的肩膀，大拇指插入剛剛的傷口。我一生順遂，就連高中時也沒有被人堵到廁所圍毆的經驗，哪裡受得起這種疼痛？當場發出殺豬似的大叫。

「嘖嘖嘖……」流氓搖頭道。「看來這個男人的性命對眞人而言不太重要嘛？」

肩膀上的疼痛深入心扉，上達腦門，我簡直聽不見其他的聲音，眼前也只看得到許多紅色的星點翻飛。我好希望吳子明乾脆點，把密碼告訴他們，心想反正有張經理在，這些雜碎又能怎樣？但是吳子明堅持住了，我也不打算這麼簡單示弱。

蜘蛛精終於放開了大拇指。我全身痠軟、虛脫無力、嘴唇發白、不停顫抖，過了一會兒，我使勁張開眼睛，狠狠地瞪著蜘蛛精。

流氓高聲道：「那位有緣人？要不要勸勸子明眞人呀？」

我嘴唇抖到幾乎說不出話來，不過還是勉強開口道：「他都說不知道了，你們以爲打我就會讓他知道嗎？你當是變魔術呀？」

吳子明看著我，臉上露出不忍的神情，似乎在考慮要不要讓張經理去對付他們。不過我知道他同時也在考慮就算說出密碼，這些傢伙也未必會饒過我們。我面對著他的目光，一方面希望他說，一方面又不希望他說，最後我緩緩地搖了搖頭。

頭還沒搖完，左肩上又傳來一陣疼痛。我轉頭一看，又是那把彈簧刀。不知道是自己已經叫到沒力氣了，還是這點刀傷根本比不過剛剛手指插入傷口的疼痛，總之我沒有再度慘叫，只是面色發白地看著蜘蛛精。

「你……知道……」我咬牙說道。「這……已經讓我視爲……是私人恩怨了。」

蜘蛛精受不得激，立刻拔出彈簧刀，抵住我的脖子。

「住手！」流氓命令道。蜘蛛精神色猙獰，收回彈簧刀。流氓接著又道：「用拳頭不要用刀。慢慢打比較過癮。」

於是蜘蛛精開始一拳一拳地對我的臉蛋招呼。每一拳都在我腦中捶出震耳欲聾的巨響。我的雙眼越腫越大，視線越來越模糊。到了這個時候，我不禁開始要想，爲了一天五千塊錢的薪水，到底值不值得如此枉送性命？喔，當然不值得。我是在想，爲了找出雙燕的下落，值不值得？爲了守護唐僧肉身，值不值得？如果丟了性命，就算找到雙燕有什麼用？就算守住唐僧，又有什麼意義？

我是不是該開口求饒？求吳子明供出他們想聽的答案？

我隱約聽見吳子明的聲音，似乎是在說「再打下去他會死的。」之類的言語。就在此時，我的臉上傳來一種奇怪的衝擊，彷彿蜘蛛精這一拳打得不太一樣，造成了不同的效果。我狂咳一聲，眼角瞥見一塊肉色物體跌落在地。所有人突然陷入一片靜默之中，似乎大家都沒想到會看見這種景象。我低下頭去，看著地上那塊肉，過了一秒，才認出那是我的鼻子。

我難以置信，伸出顫抖的手撿起了鼻子，卻發現那塊鼻子上的鮮血似乎沒有想像中那麼多。我輕輕觸摸嘴唇上方，赫然發現我的鼻子還在臉上，只是觸感沒有原先那麼厚實。

難道……地上的鼻子，不是我眞的鼻子？

我回手一抹，抹出一大灘鼻血。看著左手掌中的鮮血跟右手掌中的鼻子，我突然心頭一震，彷彿腦中有股奇怪的力量突破了一道不知從何而來的藩籬。我全身沐浴在一股生生不息的能量之中，綻放出恢弘無比的強大磁場。我感覺身上的疼痛開始消退，就連兩肩上的刀傷都出現癒合的現象。不知名的怒氣盈滿全身，甚至化爲一股實質的火焰奔放，表現出名符其實火冒三丈的景象。

在場所有人都嚇呆了。抓住我的人緊緊扣住我的手臂，還有一個人從後方勾住我的頸部。蜘蛛精不知所措，看了流氓老大一眼，猶豫著要不要抽出彈簧刀。就在此時，我體內的怒氣上腦，硬生生地驅逐了我本身的意志，強行控制了我的身體，甚至主宰了我的嘴巴。

我聽見自己說道：「你洩漏了我的身分！」

蜘蛛精兩眼大張，神色驚慌。我的身體不受控制，開始依照腦中的怒氣行動。我腦袋向後一挺，撞上了勾我脖子的人的額頭。接著右手一揮，將扣我右手的人整個扯到面前，舉腳一踢，登時踢爆了對方的睪丸。甩開右邊的人後，我翻起右手，抓住脖子上的手臂，躬身將身後的男人摔到身前，然後反過來扣住他的脖子，向外一扯，當場扯斷了他的頸骨。

左邊的男人想要拔槍，被我一腳踢碎膝蓋，慘叫一聲，癱倒在地。我搶過他手中的手槍，倒轉槍柄狠狠捶下，將整支槍柄插入他的腦袋。蜘蛛精回過神來，不敢怠慢，叫出所有手臂火速向我攻來。我閃過六條手臂的攻擊，貼到他的身前，左手抓起他的衣領，將他舉在半空，右手握拳就要捶下。蜘蛛精臉皮突然融化，露出一張蜘蛛大嘴，對著我的腦袋狠狠咬下。我反拳化掌，抵住布滿硬毛的噁心獠牙，隨即兩指緊扣，捏出跟剛剛吳子明相同的伏妖法訣。只見藍光一現，蜘蛛精腦漿併裂，屍身一抖，八肢向內捲成一團。

耳膜上傳來輕微的音波震動，在那股音波尚未凝聚成完整的槍聲前，我已將蜘蛛精的屍體轉過方向，擋下了從旁飛來的三顆子彈。這時，流氓老大親自抓住吳子明，而本來抓住他的三個男人則同時舉槍對我射擊。我右手使勁擲出蜘蛛精的屍體，將一個男人撞得向後飛出，於地上拖行十公尺，停下來時已經血肉模糊。趁著他們閃躲蜘蛛精屍體的瞬間，我衝到其中一名持槍歹徒面前，一手肘頂上他的胸口，將他的心臟從背後撞了出來。我隨即反手對付第三名槍手，卻在轉身的同時看見槍火在眼前閃耀。一切彷彿突然進入慢動作模式，我清清楚楚地看見火藥噴灑、子彈退殼，也看見了那顆離開槍口的子彈在不到半公尺的距離外疾飛而來。

口袋中的三身符響起，護身符的法力以迅雷不及掩耳的速度在我眉心之間凝聚。子彈來到我的眼前，突然好像踢到鐵板般，擠壓成扁平破碎的彈渣，隨即掉落在地。我跟槍手互看一眼，然後又同時低頭看了看壓扁的子彈，接著我左手抓起他的肩膀，右手成爪，向前一推，硬生生扯下了對方的腦袋。

我放開狂噴鮮血的無頭屍體，舉著斷頭對準躲在吳子明身後的流氓老大。

「不要過來！過來我就殺了他！」流氓老大的聲音明顯虛了不少。

我輕輕一擲，斷頭破風而出，打在流氓的手臂上，當場迫他放開吳子明，抱起手臂大聲慘叫。

「求……求求你……我不……我不想死呀……」流氓哀聲討饒。

「你洩漏了我的身分。」我聽見自己冷冷地道。

「是我不對！我不是故意的！」

「你洩漏了我什麼身分？」我聽見自己問道。

流氓老大一愣，顫聲道：「我……我不知道呀。」

「你不知道？那留你下來幹什麼？」

流氓老大大叫一聲，轉身拔腿就跑，跑了幾步竟然凌空飛了起來，看來真的還有兩把刷子。我比出法訣，畫出咒語，兩手輕輕一揮，萬里無雲的夜空降下一道天雷，當場將流氓老大打成半空中的一具焦屍，重重摔落在地。

我看著焦黑的屍體，默默不語。

接著我回過頭來，看著滿地的屍體，血淋淋的屠殺現場。我看著插著手槍的腦袋，看著飛出體外的心臟，血流如注的下體，沒有腦袋的脊柱……

這一切，竟然是我幹的？

憤怒的情緒逐漸退出腦外，只留下一個難以解釋的疑問：**洩漏了我什麼身分**？

我看著躺在地上的假鼻子。我沒有做過任何整型手術，也沒有搞過什麼化妝易容。如果我的鼻子是假的，那我其他五官呢？會不會其實我的長相根本不是現在這個樣子？

我緩緩舉起雙手，發現手掌中隱隱浮現出一股法術的光芒。我不知道這股力量從何而來，但是我卻依稀記得要如何控制它、使用它。

我……我……究竟洩漏了什麼身分？

我揚起右手，五指一收，吳子明隨即不由自主地飄到我的面前，被我扣住脖子。他的眼中透露出一種難以解讀的目光，似乎有點期待、有點害怕、有點驚慌，但卻十分堅定。

他知道！

「我是誰？」

「你……錢曉書……你是……」

「不要想騙我！」我怒道。「憑你的力量，根本不會受制於這些人。你……你到底……你到底……」我的聲音逐漸虛弱，緊扣他的手掌也開始顫抖。適才的血腥場面慢慢在我心中形成該有的震撼，我終於意識到自己幹了些什麼。我開始害怕。對於自己的無知感到害怕。對於自己的力量感到害怕。

「我以爲你已經……」由於我的手逐漸放鬆，吳子明講話也不再那麼困難。「原來你還沒有完全恢復。雲……雲哥，你的身分……其實你就是我們要找的陳天雲。」

我眼前一黑，兩腳一軟，「砰」的一聲，坐倒在地。

ch.8
殺戮過後

我在地上呆坐一會兒，第一次體會到什麼叫作身心俱疲。我兩手一軟，想要撐在屁股兩旁的地面，卻發現觸手所及都是鮮血。我嚇了一跳，心裡一慌，隨即自地上爬起向旁邊走出幾公尺，來到一片乾淨的草地，才再度坐下。

吳子明摀著脖子，喘了幾口大氣，然後站起身來。他見我一時沒有繼續逼問，便開始在散落滿地的屍體上搜尋。他從流氓老大的口袋裡取出一支融化掉一半的手機，使勁拔開已經沒有接縫的外殼，自裡面抽出一張焦黑的ＳＩＭ卡。接著他拿出自己的手機，將ＳＩＭ卡插入手機側面的插槽之中，然後撥打電話。

「總機，收得到我的位置嗎？好。我所在位置有八具屍體要處理，立刻派遣一支清潔隊過來。另外，我有損壞的ＳＩＭ卡一張，不確定能讀出多少資料。我上傳過去，幫我轉給資訊部……」

我看著他處理這些瑣事，心中一片茫然。

陳天雲？他們說陳天雲辜負了所有人的期望，是腐敗的ＴＤＣ探員，台灣修煉界的大魔頭……我是？我怎麼可能是？我是錢曉書，一個普通小市民，普通上班族，普通情人。我受過十六年的教育，過過最墮落的大學生涯，幹過最卑微的基層員工。我記得每一個情人，每一個朋友，每一份工作，每一項成就。我怎麼能是什麼天地戰警上一任主管？我什麼時候去過那種地方上班了？

吳子明來到我的面前，見我沒有反應之後，慢慢地坐了下來。他的眼神之中充滿了誠意跟抱歉的神色，任誰一看都會認定是朋友的眼神。但是他騙了我。打從今天晚上碰面開始，他就已經在欺騙我。不，打從我認識他之前，他就已經計畫要欺騙我很久了。

「傷口痛嗎？」他問。

「嗯？」我一時之間沒有反應過來他在問什麼傷口。接著我發現他看著我的肩膀露出詢問的眼神，於是搖了搖頭。

他沉默片刻，開口道：「雲哥，你……」

「不要叫我雲哥。」我本能地反應道。我很清楚，自己內心或多或少都開始接受自己可能不是自己所想的那個人的事實，但是我還是直覺地否認他的稱呼。因為我不願意面對事實嗎？還是因爲我不喜歡傳說中的陳天雲這個人？

「但是你……」

或許是因爲我直覺地認定這中間另有隱情？

看到我冷酷的眼神，他不再繼續堅持，改口說道：「那……錢先生，關於陳天雲的事……」

「說給我聽。」不管願不願意承認，我總是必須先聽完他的說詞。

「三年前，我們發現韓國山房山有高人計畫奪取唐僧肉身。」

「韓國人？」

「是，他們說因爲唐三藏是韓國人，所以唐僧肉身應該歸他們保管。」

儘管已累到只想聽不想說，我還是忍不住好笑道：「當年他們說王建民是韓國人，我還可以了解。畢竟王建民是全世界大大露臉的人物。但唐僧顯然不是民族主義作崇下的好目標呀？」

「一點也沒錯，我們認定其中必有隱情，所以循線展開調查。一查起來，不得了了，韓國人有備而來，甚至勾結中國東北長白山天池一脈的同道高人。茲事體大，我們不能姑息，於是暗地入山，一個洞府一個洞府地將長白山跟山房山通通翻了過來，連挑七大洞，不但拆掉他們的老巢，還查出他們所有的資金帳戶。這些帳戶裡面有一筆爲數龐大的款項流入台灣，令我們不得不懷疑天地戰警中有內奸出賣消息。」

「不用說，那個內奸就是陳天雲了？」我問。

「該帳戶跟陳天雲……有關，我們不能排除他涉案的可能。」吳子明語氣含糊，似乎當年之事還有可議之處。

「什麼叫作跟陳天雲有關？」我追問。

「天地戰警查案常常需要混入市井之中打探消息，所以我們的探員有時會需要配合案件使用化名。當年那個帳戶，就是開在陳天雲曾經用過，但是已經銷毀的一個化名之下。」

「開帳戶所需的相關證件只有陳天雲可以取得嗎？」

吳子明搖頭：「身分銷毀，證件就隨之銷毀。但是以陳天雲的能力，要重新僞造一份證件根本不是問題。事實上，所有ＴＤＣ的高階探員都有能力以及資源僞造這些證件。」

我眉頭一皺：「這樣看來，你們指控他的證據未免也太薄弱了吧？」

「是很薄弱，問題是當我們想要徵詢他的說法時，他卻已經不知所蹤了。」吳子明搖了搖頭向我看來。「在那種敏感的時刻消失，任誰都會認定他是畏罪潛逃。我們不敢妄作決定，只好請大同眞君還有道德天師出來主持大局。師父跟師叔都力保他，不相信陳天雲會做出這種事來。但是以當時情況，總得先把人找回來才有機會對質。」

「於是我們在大同眞君的帶領下，展開了追捕陳天雲的行動。這當中大小衝突不斷，但是每每都讓陳天雲脫逃，直到七七四十九天後，才終於將他逮捕歸案。」

「抓到了？」我揚起眉毛問道。之前不是說讓他跑了嗎？

「是。」

吳子明正要說下去，山道上開過來兩台廂型車，顯然是他口中的清潔隊員到了。停車後，兩台車裡各自下來四名身穿白衣的男子，拿出屍袋以及掃除用具開始清理現場。我看著他們將一塊塊血淋淋的屍塊放入屍袋中，忍不住感到一陣噁心。

「我……陳天雲出手，一向如此殘忍嗎？」我緩緩問道。

「這個……」吳子明遲疑片刻，繼續說道：「很難解釋。陳天雲出手，一向十分留情。除非直接攸關他人性命，不然他很少會置任何道友於死地。本來他少年得志，出手不分輕重，但是有一年看了一部名叫『青蛇』的電影，有感於法海和尚誤收蜘蛛精的悔痛，從此就開始處處容情。但是……」

我抬起頭來，直視他的目光，迫切地想要知道但是什麼。

「圍捕行動的前四十幾天裡，ＴＤＣ雖然有不少人被陳天雲打傷，但都是皮外傷，連筋骨都沒有傷到一根。然而在第四十九天那場大戰裡，他卻突然好像發了狂，見血就叫，見人就殺，就跟剛剛的場面差不了多少，太平山溪谷中屍橫遍野，ＴＤＣ探員死傷過半，死者個個沒有全屍。」他說著解下領帶，拉開襯衫，露出胸口一塊拳頭大小的傷疤。「我一度被陳天雲打得心跳停止。若不是道德師叔的護身符加持，我的心臟早就已經不在體內。」

我不想多聽這種殘忍的事，說道：「既然抓到了，爲什麼不把他就地正法？」

「案情沒有釐清，我們怎麼能隨便正法？」吳子明搖頭說道。

「我們將陳天雲帶回ＴＤＣ總部偵訊，花了七天七夜的時間……嚴刑拷打……」他看了我一眼，繼續說道。「師父愛之深，責之切，當時加諸在陳天雲身上的刑罰絕對足以將任何人屈打成招，但是卻沒有辦法從他口中問出任何眞相。我們不知道他究竟有沒有收錢，也不知道他有沒有出賣情報，更不知道他爲什麼會性情大變，突然間幹出殘殺同門的事。」

「所以你們始終無法將他定罪？」

吳子明搖頭、嘆氣，說道：「大同師父說，事到如今，有沒有收錢都無所謂了。當一個人手上沾滿了那麼多鮮血，誰還會在乎他有沒有收錢？有沒有出賣消息？我們不能證明錢是他拿的，但是也不能證明他是遭人陷害。然而事實擺在眼前，他在逃亡過程中殺害三十六名天地戰警探員。在這種情況下，我們別無他法，只能採取最高層級的證人保護計畫。」

「什麼？」

「抹煞他的記憶、改變他的容貌、重塑他的過去，賦予一個全新的身分，讓他連自己都不知道自己是誰。」吳子明緩緩說道。「陳天雲殘殺同門，再也不能見容於天地戰警之中。一旦讓修煉界的道友知道他失去了天地戰警的庇佑，全世界的修煉組織都會對他群起而攻。我們不能坐視這種事情發生，只好順水推舟，對外宣稱他貪贓枉法，畏罪脫逃，最後死於圍捕行動之中。」

我覺得這中間有點奇怪，認爲他的言語沒有將事實全盤托出。我冷冷看著他。

他的額頭上流下一滴冷汗，吞了口口水，說道：「好吧，之所以不取他性命，還有一個很大的原因，就是我們找不出莎翁之筆的下落。」

我冷冷地哼了一聲，接著突然想到一點：「你們既然有能力抹煞記憶，用另一套過去取而代之，難道沒有辦法深入他的記憶中直接翻找答案？」

「玩弄記憶的法門，全天地戰警也只有道德天師一個人會。師叔當年當然嘗試過強行讀取陳天雲的記憶，但是什麼也沒有。陳天雲根本不知道莎翁之筆藏在何處。」

我愣了愣，問道：「既然是他的法寶，怎麼可能不知道？」

「按照道德師叔的推斷，他應該是自知大勢已去，所以自己先將那段記憶抹煞掉。他之所以會狂性大發，很可能也是因爲施展了抹除記憶的法術。他道行不夠，強行施展這種法術會有副作用。」

我本能地感到合理，於是點了點頭，不過接下來又覺得想不通。「他爲什麼要這麼做？爲什麼不肯透露莎翁之筆的下落？」

「不知道。沒有人能夠肯定。」吳子明說。「但從不同的出發點假設，可以得出兩種很不一樣的原因。第一個假設就是他眞的是叛徒，那麼他這麼做的目的很明顯就是爲了保命。沒有找到莎翁之筆，我們絕對不會殺他。第二個假設是他被人陷害，那麼他很可能已經查出陷害他的人主要目的就是要得到莎翁之筆。爲了確保莎翁之筆無恙，所以才出此下策。」

我低頭沉思片刻，試圖消化他的說法。過了一會兒，抬起頭來，問道：「陳天雲的新身分有多少人知道？」

「只有我跟道德師叔。」

我揚眉。「連大同眞君都不知道？」

「師父……當年太過傷心，說不願意跟陳天雲再有任何瓜葛，所以也不想知道他的新身分。不過……剛剛既然已經見過面了，他很可能已經猜到三分。」

我想到大同眞君在這種情況下還囑咐我不要相信天地戰警的人，看來他始終還是對陳天雲保有信心。儘管我不記得從前種種，但是一想到眞君的心意，還是忍不住感到一份感動。

「這次既然將我牽扯進來，顯然已經不打算繼續瞞我。」我以十分嚴厲的目光瞪視著他，問道：「爲了什麼？」

他遲疑片刻，道出眞相：「我們跟著清算霸的線索追查，其實早在三個月前就已經知道中東有高人在打唐僧主意。在謹愼評估對方實力後，我們需要莎翁之筆重出江湖。」

「但是你又說我不知道莎翁之筆的……」我突然意識到自己已經開始用「我」來代稱陳天雲，於是將說到一半的話又吞了回去。我皺了皺眉頭，突然想到：「所以道德天師一開始就知道……」

「是你主動找上逸仙直銷的。」吳子明說道。「緣分到了，因果自然會到。我們本來還在煩惱要如何跟你接觸，想不到你自己前來應徵工作。道德師叔不敢肯定你的意圖，所以將隱身符拿給你試用，想知道現在的你是否能夠抗拒誘惑，是否會靠法寶作姦犯科。顯然測試的結果令師叔十分滿意。」

昨天我雖然沒有眞的搶劫銀樓，但也只是臨時打消念頭。要說我可以抗拒誘惑，只怕連我自己都不能肯定。張經理如此信任，令我感到十分汗顏。

他看我好一會兒不說話，可能怕我無法接受，於是說道：「你不覺得自己很能接受這類事情嗎？你發現隱身符當眞可以隱身，卻沒有多大驚小怪；你一輩子沒有打過架，但是在面對銀樓搶匪時，卻能毫不容情地將他們擊昏；眼睛會發光的清算霸、槍林彈雨的恐怖分子，這一切當然在你心中掀起震撼，但是也沒有那麼難以接受，不是嗎？」

的確，我心中對過去幾個小時內發生的事情一直有種奇怪的感覺，就是我自己的反應似乎沒有想像中那麼大。原來……

「爲什麼不直接喚回我的記憶？」我問。

「師叔說他辦不到。他說想要恢復記憶，必須靠你自己。然而他取走你的記憶，卻沒有取走你的修行。只要有正確的刺激，就可能逼出你體內的潛能，甚至可以逼出莎翁之筆……」

我恍然大悟：「所以你才故意被他們抓住？爲了逼我恢復道行？逼我祭出莎翁之筆？」

吳子明點頭。

我眉頭一皺：「這些人不會是你安排的吧？」

「當然不是。天地戰警絕不草菅人命。」

我並沒有鬆開眉頭，只是繼續瞪視著他，問道：「逼出這種不受控制的力量，未必是什麼好事。」

「沒有錯。所以不到必要時，我希望你不要再度使用你的力量。有什麼事，交給我來處理就好了。」他湊到我的面前，滿臉誠懇地道：「錢先生，我知道你想不起來從前種種，也未必願意相信我的說詞。但是你也應該看得出來我相信自己所說的一切。或許你想不出自己能幫上什麼忙，但是對我們而言，你是找出莎翁之筆、保護唐僧肉身的唯一契機。」

我微微感到一股怒意：「你們根本是在利用我找尋莎翁之筆，雙燕的安危你們一點也不放在心上。」

吳子明立刻解釋：「李雙燕小姐是找尋恐怖分子的唯一線索，相信我，我們一定會竭盡所能找出她的下落，並且確保她的安危。」

「你還敢叫我相信你……」

手機突然響起，吳子明抓緊機會接起電話。爲了表示誠意，他將手機轉到免持聽筒。

「總機？」

「吳探員。剛剛的ＳＩＭ卡資料大部分已經損毀，不過我們修復了一則半個小時前發出的簡訊。」

「請說。」

「『保全系統關閉，閒雜人等引出，可以開始行動。』」

「收訊人的身分？」

「查不出來。」

「謝謝。」

他掛下電話跟我對望。本來我們只覺有點怪，但兩秒後我們同時大吃一驚。

我說：「保全系統關閉……」

他說：「閒雜人等引出……」他特別強調閒雜人等，並且伸出手指比了比我們兩個。我們同時轉頭，朝著外雙溪的方向看去。就在此時，自強隧道上的山丘後方冒出一道沖天火光，一秒之後我們腳下的地面開始劇震，震度之強，所有清潔隊員通通摔倒在地。

「糟了！師叔跟人鬥法！」吳子明大叫一聲，抓起我的手腕，兩腳一踏，祭出風火輪。「事不宜遲，快去支援。」說完火光四射，我當場在他的拉扯下衝上了天。

ch.9

展開追逐

風聲颯颯，火光翩翩，我乘著風火輪的法力騰空而起，轉眼間已經飄升數百公尺。氣溫瞬間下降，寒意登時入體，我冷不防吸入一口冷空氣，隨即打了一個冷顫。就在此時，體內冉冉浮現一股暖意，由內而外散入四肢百骸，當場將所有寒意驅出體外。

吳子明伸出雙指，對著故宮方向一比，叫了聲「走！」就看見風火輪火光大現，風聲轉疾，一轉眼的工夫，我們已經飛越自強隧道，進入外雙溪的範圍。

山頭一轉，不得了了，只見故宮左側冒出濃煙，地上憑空出現一個直徑百公尺的隕石大坑。飛近後更是把我們兩個都嚇了一跳，只見大坑中央躺了一個焦黑身影，瞧服飾正是道德天師。

吳子明沉著不驚，先在上空盤旋兩圈，確定附近沒有敵人埋伏之後，這才俯衝而下，筆直落在道德天師身邊。他撤了風、熄了火，兩指隨即抵在天師的脖子上。

「師叔一息尚存，情況危急。」他說著扶起道德天師盤腿而坐，自己在他身後坐下，伸出雙掌抵住天師背心，說道：「我幫師叔運氣療傷，請錢先生入洞查看唐僧法體是否無恙。」

「我？」我猶豫片刻，卻見他跟天師腦袋上都已經冒出白煙。按照電視上演的，這就是療傷緊要關頭，我可不能再去打擾他們。道德天師對我極好，看到他被人打成這樣，我心中不禁燃起一股怒火。我不再猶豫，立刻轉身對著後山洞穴衝去。

這一跑又是三千六百公尺。我邊跑邊想，萬一將天師打傷的匪徒還在裡面，我是不是該跟對方動手？這一動起手來，是不是又會有人慘死在我手下？想起適才的慘狀，我依然心有餘悸。然而涉入這些所謂的修煉道友之中，我要是遲疑片刻，不肯出手，搞不好從此再也沒有出手的機會也未可知？

洞穴之中沿路哨所空虛，看來是因爲剛剛被蜘蛛精弄昏的警衛都還沒恢復，而接班的警衛也還沒抵達。我繼續向前衝去，沒多久越過適才與蜘蛛精交手的地方，再跑一會兒，藏寶庫已經映入眼簾。

藏寶庫的大門沒事，但是旁邊通往唐僧石室的小洞門已經開了一個大洞。

我心中一凜，正打算加速狂奔，突然間洞內傳來轟然巨響，接著是一陣強烈的震動。我兩耳之中嗚嗚不已，差點就要跌倒在地。當我站穩腳步，衝到唐僧石室洞口時，洞內瀰漫在一股濃烈的煙塵之中，唐僧肉身已然不翼而飛。我伸出雙掌，向外一翻，將洞內的煙塵抽出洞口。在視線稍微清晰之後，我瞪大了眼睛一看，發現石室洞頂上多了一條直徑兩公尺左右的大洞。我跑到洞底，抬頭看去，竟然透過綿延數百公尺深的長洞看見洞外的夜空，以及扛著唐僧肉身，已然成爲洞口一個黑點的高人身影。我直覺反應，比出招雷手訣，對著洞口指去。不過指到一半，手指已經凝止不前。又過了一秒後，我緩緩放下手來。

我畢竟還是沒有眞的出手。然而是因爲我不願輕易傷人性命，還是害怕連帶打壞唐僧肉身？我思緒紊亂，一時也想不明白。

我在原地站了約莫半分鐘，接著慢慢回頭，對著洞外走去。唐僧肉身已然失卻，儘管我很想奪回，但是憑我一己之力根本不知從何找起。當務之急，還是先去看看道德天師怎麼樣吧。

幾分鐘後，我離開法寶大洞，來到洞外的巨坑中央，正好趕上吳子明將滿頭的白霧又吸回髮絲之中。他長長吁了一口氣，緩緩放下雙掌，隨即閉目養神。

道德天師身形一軟，向右癱倒。我一個箭步搶上，兩手一張，將他抱入懷中。

道德天師面如死灰，慢慢張開雙眼，看見我之後，勉強露出微笑，接著又閉上眼睛。

「錢……錢老闆……」

「張經理。」我聽他聲音虛弱，似乎隨時都要死去，儘管不記得從前種種，還是忍不住悲從中來。

「唐……唐僧……」

「是我無能。無法保護唐僧周全。」

「快別……這麼說……」他吃力地睜開眼睛，直視我的雙眼。「神元……內斂……看來你已經……找回昔日的道行啦……」

「我……」我微微哽咽。「我真的是陳天雲嗎？」

道德天師微笑搖頭。「不，你是……錢曉書。世界上……沒有幾個人擁有……這種徹底重新開始的機會。」他突然咳嗽一聲，噴出一灘血來。喘了兩口氣後，他繼續說道：「有這種機會，就不要……太在乎……從前的你是什麼人。陳天雲……是你的過去……他不代表你。知道嗎？」

我點頭，感覺熱淚在雙眼之中打轉。

「找回……唐僧之事，你要多……擔待了……」

「經理放心，我一定會把唐僧找回來的。傷你之人，也一定不會有好下場的。」

道德天師搖頭。「冤冤……相報……何時了。報仇之事……不必放在心上。」他說著仰頭看天，神情轉爲落寞。「只可惜……我矢志……發揚道法……推廣修煉……逸仙直銷……終究還是一場……不著邊際的夢幻……」

我心裡一熱，眼中的淚水終於流了下來。「不是夢，不是夢。我幫你推廣，我幫你發揚，我會幫你衝高逸仙直銷的業績。我……我……」

他喜形於色：「眞……眞的？你眞的肯幫我？」

我很用力地點了點頭。

「那眞是太好了。」他哈哈一笑，掙脫我的懷抱，當場站起身來，伸展雙臂。「這回眞是傷得不輕，非得清修個三個月才行呀。」接著轉過頭來對我點點頭，說道：「那剛剛的事情，就這麼說定了。」

我張口結舌，不知所措，只能指著他的鼻子道：「你……你……你……」

「我怎麼？」他笑嘻嘻地看著我道。

「你不是快死了嗎？」

「你哪隻眼睛看見我快死了？」

「你面如死灰、氣若游絲，這還不是快死了？」

「面如死灰是面如死灰，快死了是快死了，這是兩碼子事，不可以混爲一談。」

心中一股被人設計的感覺生起，我轉頭看向吳子明，發現他早就躲到一旁講電話去了。

我嘆了口氣，搖搖頭問道：「那你的傷不礙事？」

「死不了。」他伸手擦了擦嘴角剛剛噴出的鮮血，說道：「這個中東人的確厲害。我一直在提防他使用綑仙索，不過他似乎還沒有弄到手。沒想到他不需綑仙索就可以制住我。」

他說著閉上雙眼，似乎在回想剛剛鬥法的過程。

過了一會兒，張開眼睛說道：「他的法術跟中土仙道大異其趣，主要的法力集中在幾顆圍繞在他周身的光球上，大概就是猶太教所謂的賽飛羅。大同道兄跟我提示過，所謂的賽飛羅指的是宇宙大爆炸時遠離萬物之源的造物之光，也就是天地之間最純淨的一股力量。此人的道行已經接近成仙邊緣，對於賽飛羅的駕馭已是駕輕就熟。要對付他並不容易，但也不至於到束手無策的地步。下次再讓我遇上，絕對教他討不到好處。」

我再度嘆了口氣，搖頭問道：「要怎麼對付？」

「既然賽飛羅是萬物之源的造物之光，就表示它存在於萬物之中，你我身上也有，只是沒修煉出來用罷了。世界上依文化不同，修煉之法各異其趣，但是萬變不離其宗。錢老闆天賦異稟，道行深湛，所謂一法通，萬法通，有機會接觸，自然就了解了。這叫只能意會，不能言喻。」

我心想這不是廢話嗎？嘴裡道：「這不是廢話嗎？」

他微微一笑，接著又咳了兩聲。「老道天資沒有你這麼聰穎，需要時間打坐冥想才行。如果我想出破他的辦法，一定跟錢老闆分享。」他摀著胸口，微微皺眉，深深吸了一口氣。

這時幾輛保全裝甲車急駛而來，在故宮大階梯底下停住，跳出一堆武裝安全人員，跑到吳子明身前簡報。道德天師喘了兩口氣，說道：「先不多說，我要去深山裡面療傷了。明天早上沒事的話，就請錢先生先進公司跟其他人開個會吧？」

「呃，」我看他轉身就要走，立刻說道：「我都被你弄糊塗了。你到底傷得重不重？」

「重呀，不是說過要休養三個月嗎？」

我無話可說，倒是吳子明分派完警衛任務，急忙跑了過來。「師叔，」他在道德天師身後叫道。「你要去哪療傷？」

「這是祕密，怎麼能讓你知道？讓你知道，我還療什麼傷？」

「可是……師叔……」

道德天師滿臉不耐煩的樣子。「想要報告，是吧？」

吳子明點頭。「中東人把師叔打成這樣，我們總要知道對方道行底細……」

「好啦，知道了。」道德天師揮揮手。「我會帶我的筆電同去，明天晚餐前把報告寄給你。眞是，療個傷都不得清閒。」他自袖中取出拂塵，向外一甩，只見一片乾冰飄過，卻沒有產生任何效用。道德天師輕嘆一聲，對吳子明說道：「車鑰匙給我。」

吳子明交出鑰匙，道德天師一拐一拐地向停車場走去，不再理會我們。

吳子明走到我的身邊，跟我一起看著他的背影。

「看來師叔眞的傷得不輕。」他道。

「大概吧，我看不出來。」我答道。

他拍了拍我的肩膀，若有所思地看了我片刻，說道：「錢先生剛剛在洞裡，見到中東人了嗎？」

我本來不想提這件事，但是他既然問了，我只好點頭。「見到他的背影。」

「你沒有出手留他？」

我張口欲言，不過最後只是搖了搖頭。

他理解式地對我點頭，說道：「今天晚上發生太多事，你心中困惑也是可以想像。唐僧失竊，一切必須從長計議，我得回總部一趟。你暫時就先回家休息吧。」

我想說不用休息，想說我也要去總部從長計議。但是事實上，我真的很累了，身心俱疲。我需要時間整理思緒，需要時間檢視良知，需要時間大睡一場。

他又從口袋中取出一串車鑰匙。

「停車場還有ＴＤＣ的公務車，你先開去用吧。可以給我你的手機號碼嗎？」

「0938……」我一邊唸出號碼，一邊下意識地摸向自己的手機，這才發現口袋中的手機早就在剛剛被蜘蛛精打爛了。我取出手機碎片，在其中找出ＳＩＭ卡，只見連ＳＩＭ卡都已經裂成兩半。我揚起眉毛，看向吳子明，沒有繼續說下去。

吳子明取出自己的手機，交到我的手上。

「先帶在身上，趕緊回家休息。有任何進展，我會聯絡你的。如果沒有進展，我也會在早上八點聯絡你。既然要收錢，就得準時上班，是吧？」

我笑了笑，不置可否，心想爲了一天五千塊錢，我連自己的身分都完全變調，這個代價是否付出得有點大？

我別過吳子明，走到停車場，利用鑰匙上的防盜器找出黑色公務車，朝著我在內湖的家揚長而去。一來因爲已是深夜，二來我個人心情欠佳，三來因爲這輛是公務車，罰單罰不到我身上，所以我卯起來飆車，不到幾分鐘就已經下車上樓，打開了我家大門，走入冷清的客廳。

我突然了解所謂的恍如隔世是什麼意思。

熟悉的客廳，如今變得陌生。溫暖的臥室，今天寒冷異常。我打開電視，卻找不到常看的頻道。我轉開水龍頭，卻想不起該去哪裡找香皂。這裡是我的家。但是，這裡眞的是我的家嗎？

我洗了一把臉，走到陽台，打開鐵窗，看向窗外的明月。

我記得這棟房子是我五年前貸款買的。根據吳子明的說法，我成爲錢曉書，前後也不過三年而已。如此看來，這屋子根本不是我家。

或許是陳天雲的家？

電視是兩年前買的，那就應該眞的是我買的囉？

我在陽台的地上坐下，試圖閉目養神，可惜我一直睡不著，因爲有一個我一直不願去想的問題困擾著我：

雙燕……

既然我的身分可以變成這個樣子，那雙燕呢？她會跟我在一起，有可能是巧合嗎？她知不知道我的身分？她是不是在利用我？她到底是不是眞的愛我？

我大可以直截了當地詢問吳子明。只是我不敢問。我不敢面對眞相。雙燕是一個人；一個我眞心相愛的女人。她不是一棟房子，不是一台電視，不是一個我可以以理性的態度去分辨她是屬於錢曉書的記憶，還是陳天雲的過去的東西。我害怕知道眞相，但是又不得不面對眞相。在這件事情之中，她應該不會是個無辜的人。然而不論眞相如何，我都要聽她親口說，千萬不可假口他人。如果我沒有機會聽她訴說，那永遠埋葬這個眞相又何妨？

我愛她。

愛，是一種無須分辨眞假的東西。我愛她就是愛她，沒有人可以跟我說其實我不是愛她的那個人，她也不是我愛的那個人之類的鬼話。愛，是最赤裸、最眞實的東西。而眞實的東西，對現在的我而言是非常重要的。

我想著雙燕的笑容，臉上也不由自主地露出微笑。我漸漸被疲憊征服，緩緩進入夢鄉。只可惜還沒抵達夢鄉，我就被一陣電話鈴聲給拉了回來。

我拿出吳子明的電話，發現來電顯示上提示著「公司」兩個字。我按下接聽鈕，「喂」了一聲。

「吳探員？」是剛剛吳子明轉免持聽筒時聽過的總機小姐的聲音。

「呃……」

「是錢曉書先生？吳探員不在你身邊嗎？」對方問道。

「他不……」

「事情緊急，麻煩你幫我轉告他。」

「但是……」

「有人使用了綑仙索，附在上面的追蹤法術已經開始作用了。」

我一聽，精神立刻大振，問道：「在什麼地方？」

「內湖碧山巖。」

「收到。」

「請你務必……」

我掛下電話。吳子明既然說要回總部，待會他自然會收到這則訊息。當務之急，是要找到雙燕才行。要找雙燕，唯一的線索就是綑仙索。我抓起車鑰匙，再度衝出家門。心裡思索著眼前的情況。

是誰使用了綑仙索？是雙燕嗎？還是綑仙索已經落入中東人手中？如果是後者，那表示雙燕可能已經遭到毒手。如果是雙燕使用的，情況似乎也不樂觀。畢竟，除了面對中東人之外，雙燕又有什麼機會需要使用綑仙索？總之不管是誰用的，雙燕都有危險。

我心急如焚，出了社區大門，立刻朝著剛剛停車的地方衝去。一邊奔跑，我心中又想到剛剛屠殺壞蛋的畫面。待會找到綑仙索，只怕免不了一陣好打。我到時候會不會再度殘暴出手？會不會再度退縮不前？我心裡懷疑，腳下卻不停步。我要找雙燕。我一定要找到雙燕。

我轉過一個巷口，看見了ＴＤＣ公務車，同時也看見三個流氓站在車旁，神色猙獰地圍著一名夜歸女子。

「不要過來！」

「半夜上街穿成這樣，妳還跟老子裝淑女？」

「再過來我要叫啦！」

「妳就算叫破喉嚨也不會有人來救妳的。」

聽著這幾句萬年不變的過時對白，我的腦子剎那間一片清明。說到底，手段是否殘暴根本不是重點，對方是否罪有應得根本不是重點。重點只有一個，就是什麼才是正確的事。

我有如一陣狂風掃過，轉眼間將三個流氓打得頭破血流。在夜歸女子還來不及道謝之前，我已經跳上黑車，發動引擎，朝著碧山巖的方向急駛而去。

ch.10 阿齊阿里

碧山巖乃是位於內湖忠勇山上的一間寺廟，爲台灣地區最大的聖王公祖廟，香火鼎盛自然不在話下，每到假日，內湖區民眾上山踏青，熱鬧非凡，是碧山山區首屈一指的觀光景點。夜間鳥瞰台北盆地，市區夜景盡收眼底，實在是情侶夜遊的絕佳去處。

如果能夠找回雙燕，我日後非帶她回來夜遊個十次八次不可。

山道崎嶇，不過我速度不減，十分鐘內便轉過最後一個彎道，來到碧山巖山門外的公共停車場。此時正處黎明前的黑暗，夜遊的人都已回家，晨運人士也還沒上山。我熄了車燈，關掉引擎，尚未下車就看到山門下有兩條剽悍身影筆直朝我走來。我開門下車。

「先生，請問你現在上山有什麼事嗎？」一名大漢十分有禮貌地問道。

「我約了女朋友欣賞夜景。」

大漢側頭看了看車內，說道：「你一個人呀？」

我向山上比了比：「她已經在上面等我了。」

大漢搖頭：「上面沒有人在等你，勸你現在就下山吧。」

我看了看他，又看了看旁邊的另一條大漢。兩人都神情嚴肅地看著我，甚至有意無意地撩開上衣，露出插在皮帶上的手槍。我深深吸了一口氣，試圖強行壓抑體內的暴戾之氣，說道：「有人在等我，你們應該見過，灰色套裝，短頭髮，很美麗的一個女人，手裡拿了條繩子的。」

兩名大漢愣了愣，接著同時出手掏槍。我雙掌齊出，右手抓住右邊那人的槍柄，左手捏起左邊那人的睪丸。拔出對方的槍後，我順勢向上一揮，擊中右邊那人的下巴，當場打得他離地而起，暈了過去。接著回過手槍，看準方位，將槍口插入左邊大漢的口中，把上下門牙全部插斷。大漢滿嘴鮮血，上下受制，投鼠忌器，雖然已經拔槍在手，但是手臂抖得厲害，已然抬不起來。

我放開對方睪丸，取過對方手槍，丟到旁邊的水溝。這時，他腰側傳來一陣無線電的雜音，接著有人問道：「老吳，車裡是什麼人？」

我拔出他的對講機，放到他的嘴前，然後將槍管抽出他的口中，不過槍口依然抵在他的太陽穴上。他慢慢伸手抹了抹嘴旁鮮血，對著對講機道：「是個醉漢，我們把他打昏了。」

「收到。」

我左手使勁，將對講機捏碎，然後以槍口指示對方移動到車後的樹下。

「你們一共來了幾個人？」

「五個。」

「這麼少？在愛買的時候不只五個。」

對方驚訝片刻，搖頭道：「那女的不簡單。」

「她人在哪裡？」我問。

「跟我們老闆在一起。」

「有沒有受傷？」

「不知道，我只負責把風。」

我倒轉槍柄，將其擊昏，把他跟另一名大漢拖到不顯眼的地方，接著爬上斜坡，就著山壁的掩護來到山門旁。我的身體貼著大紅柱，迅速探頭出去看了一眼。山門後是一片空地，有幾個汽車車位以及兩排機車停車格，白天會有攤販販賣熱食，如今整片空地只有一輛廂型車停於其中。空地再過去有一道向上的台階，通往碧山巖主殿。剛剛把風的說來了五個人，扣掉已經昏倒的兩個，應該還剩下三個，而眼前的空地上只有一個，站在廂型車前抽菸。

我看準機會，正想直接走過去擊昏對方，卻在最後關頭縮了回來。因爲我突然覺得那個傢伙獨自站在空地上，怎麼看都像是誘餌。這麼一想，我也覺得剛剛把風大漢口中的「醉漢」怎麼聽都像是暗號。雖然不知道是不是我自己在窮緊張，但是經歷今晚的大風大浪之後，一切還是小心爲上比較好。我自山門旁退開，爬上旁邊的山壁，就著樹林的掩護走入登山步道，一邊透過樹枝空隙監視著底下空地上的男人，一邊打起精神尋找其他目標。

沒多久，我在山道旁的一張石桌上發現了一名男子。此人全身披著樹葉，上半身趴在石桌上，只露出一根狙擊槍的槍管，槍管沒有反射月光，架式十足，怎麼看都像是電影裡的高手。我心想這種人多半視覺好，聽覺也好，想要不動聲色地接近他似乎不太容易。沉吟片刻之後，我想反正我也不擅長匿蹤，還是正面衝突好了。

主意已定，我隨即矮身，自地上撿起兩顆石頭，握在掌心深深吸了一口氣，然後對準空地上的男人丟出一顆石頭。儘管我刻意控制力道，石頭還是發出恐怖的破風聲響，以難以想像的速度擊穿對方的身體。幸虧我對自己的力道沒有把握，所以瞄準的時候故意避開要害，不然對方此刻早已斃命。我看著對方抱住肩膀，倒地不起，心知此人已構不了威脅，正自鬆一口氣時，卻聽見遠方傳來比石頭破風還要巨大的聲響，正是狙擊槍的槍聲。我著地一滾，閃過子彈，然後對著槍手所在的石桌擲出石頭。只聽見砰的一聲巨響，石桌爛成兩半，但是槍手已經不在原位。對方顯然是在開槍之後轉進，看來果然是個高手。

我躲在一棵樹後，探頭偷看一眼，一時之間無法確定對方位置。我縮回頭來，再度吸了一大口氣，接著一咬牙，自樹後跑出，對著石桌的方向衝去。對方既然是狙擊高手，必定有著過人的耐性，應該不會輕易暴露位置。我急著救人，沒空跟他這樣耗，唯一的辦法就是引他開槍。衝出十來步後，我已經十分接近破裂石桌。正當我開始考慮如果衝到石桌旁他還不肯開槍，我是否該站在原地當靶時，左前方的草叢突然傳來一下震動。我在對方開槍的同時縱身而起，在空中摘下一片樹葉，夾在兩指間對準樹叢投擲而去。對方見機甚快，隨即翻身而出，將手中長槍轉至半自動，隨即對我展開三發點放。

我就著樹木的掩護左閃右躲，始終沒辦法衝到他身前。雖然剛剛在廢棄工廠曾有子彈在我眼前彈開的經驗，但是我不確定那是護身符的力量還是我本身具有擋子彈的功力，爲了以防萬一，還是不要隨便嘗試比較好。躲了半天，心浮氣躁，我的力量中不可控制的部分逐漸開始嶄露頭角。我看準一棵足以藏身的大樹，拔腿衝去，到了樹後，雙掌一插，當場將大樹連根拔起，擋在身前，迎向槍手。槍手大驚，開始全自動掃射。根據我的想法，當一名狙擊手開始掃射時，就是他要完蛋的時候了。

我來到他的身前，腳步不停，樹幹正面撞上他的身體，右手向上一提，隨即將他挑入空中，左手也向下一揮，轉眼間把他打入地底。我拋下手中大樹，一腳踏爛狙擊槍，伸手到地上的洞中抓出狙擊手，確定對方性命無礙後，我站起身來。

還剩一個。眞正棘手的一個。

我抬起頭來，看向位於山道另一邊的碧山巖主殿。原先我以爲對方是爲了擒拿雙燕才出現於此，但是光是擒拿雙燕又何必安排誘餌跟狙擊手呢？對方設下陷阱，顯然是在這裡等人自投羅網。等誰？天地戰警的人？吳子明？應該不會是等我，因爲他們根本不可能知道我會出現。

突然間，一股危機的意念襲體而來。我並不是聽見了任何聲音，也沒有看見或感受到任何不尋常的東西。我只是在刹那間全身的寒毛通通豎起，將體內的本能刺激到極致。我右腳向下一踏，身體衝天而起。我知道我躲過了一下襲擊，但是隨即又感到對方如影隨形地跟了上來。我身在半空中不知如何是好，一看腳邊出現一根樹枝，我立刻踏上前去，借力繼續衝天。這一衝，高得很，衝出了樹林之外，再也沒有可供借力的地方，但是身後那股無形的力量依然緊追而來。去勢逐漸減緩，眼看就要開始下墜。我東張西望，想學習「功夫」電影，看看有沒有飛鳥可踏，可惜只看到一堆蚊子。蚊子借不借力？鬼才知道。我雙手拂出，在那堆蚊子身上掠過，身體畢竟還是再度憑空向上浮出一公尺。這已是極限，再也無處可逃。我暗自嘆了口氣，身體一挺，在空中翻身，開始下墜。直到此時，我才終於看見將我逼至如此狼狽境地的是什麼東西。

那是一顆光球。

光球在我身邊圍繞一圈，然後就凝止於半空沒有再繼續追擊。我翻身落地，抬頭看向天空，卻發現光球已經消失。我呆立原地，回想著適才的景象，一股冷風吹過，才驚覺自己額頭上滿是冷汗。當然，那顆光球打在身上究竟會不會致命，我並不清楚，但是既然道德天師都被打成那個樣子，我當然也不特別想要以身試法。就在心有餘悸之際，對方終於飄然現身。

「佩服佩服，」一個中東人自台階上走下來說道。「打從我出道以來，閣下是第一個能夠在我賽飛羅偷襲下走過三招之人。如此身手，想必就是大名鼎鼎的天地大洞天雲眞人？」

我眉頭一皺，不知道該如何回答這個問題。天雲眞人？聽起來未免太虛幻了點？

「你就是阿齊阿里？」

「沒錯。」中東人在我身前五步左右停下腳步，微笑說道：「我是初出茅廬的無名之輩，想不到天雲眞人也聽說過我的名號？眞是榮幸呀，榮幸。」

我「哼」了一聲，看了看他身後，完全沒有見到雙燕的蹤影。「我女朋友呢？」

中東人微微一愣，隨即道：「喔，你是說身懷綑仙索的女人？」他哈哈一笑，繼續道：「她不自量力，妄想祭出綑仙索來對付我，我當然要給她一點教訓。不過放心，她暫時沒事。」

我考量眼前狀況，自覺沒有取勝的把握。但是既然來了，當然沒有道理不戰而走。我想了想，決定先說大話：「只要你交出唐僧肉身，並且放走雙燕，我就放你一條生路。」

中東人搖頭嘆氣，說道：「唐僧肉身我已經交給買家，現在不在我手中，所以我交不出來。至於你女朋友嘛……倒是可以商量，只不過……」

「只不過什麼？」

中東人同情地搖頭說道：「只不過眞人一派正氣，竟然性好妖精之色，實在令人……嘖嘖嘖……」

我怒道：「你胡說什麼？」

「我？」中東人一臉無辜地看著我，隨即嘆氣：「啊，原來你不知道？你女朋友不是人呀。」

我怒不可抑，頭頂噴出一道三昧眞火，當場就想衝過去把這傢伙碎屍萬段。只不過……我思前想後，內心深處隱隱知道，他應該不是信口胡謅。雙燕她……

中東人看見我頭頂的火焰，眼中似乎綻放出興奮的光芒，說道：「這樣好了，我們就來鬥法吧。只要眞人能夠打贏我，我就放走那個女的，並且將唐僧肉身的去向一併告知，如何？」

說到底，還是要打一場。雖然我並不在乎爲了雙燕跟人打架，但是眼前這傢伙……我似乎打不贏呀。「萬一我輸了呢？」

中東人微笑道：「如果你眞的是天雲眞人，絕不會輸。」

我將左手揹在腰後，右手運掌舉在身前，說道：「那就來吧。」

中東人眉頭一緊，心隨意動，一顆光球隨即在其面前成形。他嘴角一揚，說了聲：「獻醜了。」光球立刻朝我直撲而來。

我不退不避，迎上前去。剛剛我已經在腦中盤算一遍，不管三年前的陳天雲道法有多高深、道力有多精湛，今天的我所承繼下來的，始終只有一股深不見底的蠻力。的確，我會招雷、我會破魔，但是那些運用法門都是隨著本能而生。要我隨便施個複雜的法術，類似道德天師的本位回歸或什麼的，我壓根就沒有辦法。真要跟他鬥法，我根本無法可鬥。再說，賽飛羅無形無體，運轉之間不需要遵守物質的物理定律，能從任何不同的角度轉折，躲得了一時，躲不了一世。道德天師就是深知這一點，所以剛剛已經提示過我了：想要對付他，我就必須跟他「接觸」。唯有接觸之後，我才能夠理解他的力量，進而誘發出自己本身的賽飛羅，從中找出勝機。

只不過，想得容易，做起來難。賽飛羅一入手，我立刻感受到一股強大的衝擊，彷彿全身的細胞都破體而出。那是一股充滿魄力的能量，一種充滿……充滿暖意的奇蹟。我一生中從來不曾感受到如此強大的衝擊，不單是肉體上的衝擊，同時還帶有心靈上的震撼。那一剎那，我彷彿見到宇宙最初的大爆炸，彷彿看見萬物之光化作無數賽飛羅破碎四射；我接觸到了猶太教的修煉根本；因爲他們上帝的慈愛而感動落淚。我耳中浮現無數神聖的聲響，彷彿有人在對我的內心訴說著天地的眞理，但卻因爲眞理太過宏大，所以我根本無力理解。我好渺小、好無助，在這股屬於上帝的力量之前，我根本沒有絲毫的勝算，甚至產生不了任何抗拒的心理。

但是接下來，賽飛羅的衝擊將我帶入另一個全新的方向。我突然覺得，自己對這股力量並不陌生。那是我打從出生以來就已經接觸到的力量，在我下的每一個決定裡都會使用到的力量。它存在於我的意志間，存在於我的個性間；它是塑造我的心靈的力量，也是塑造我肉身的能源。我彷彿見到我的一生在眼前呼嘯而過，但是透過賽飛羅的力量，我可以清晰地辨別出哪些是我親身經歷，哪些又是他人強加在我體內的記憶。我看見了我第一份工作，看見了我的初戀情人，看見了多元化入學考試，看見了第一次因爲人生不順遂而想要自殺的念頭。我看見了我的母親，看見了婦產科醫生的手套，看見一道白光，看到一條漆黑的通道。

最後，我看見了一棵樹。我的生命之樹。

生命樹上，白光亂竄，似乎沒有定性，遠不及阿齊阿里的那般接近中央。我試圖利用目光移動樹上的四顆賽飛羅，但是卻絲毫沒有用處。接著我的賽飛羅消失了，生命之樹消失了，所有景象都消失了。我的意識回到現實，看見我依然挺直右掌，掌心抵住阿齊阿里的賽飛羅。賽飛羅的光芒聖潔無瑕，完全沒有透露出絲毫邪氣。光看這顆光球，任誰也無法想像它的主人竟會是一名邪惡之人。

賽飛羅寸寸逼近，轉眼間竄入我的掌心，將我的手掌包入其中。我感覺整條手臂都在震動，心裡一急，立刻凝聚力量，掌心噴出猛烈火光，反過來將賽飛羅包圍其間。這麼鬧了一分多鐘，始終在原地僵持不下。接著阿齊阿里手掌一翻，賽飛羅隨即消失。我只覺得手中一空，忍不住就要向前跌倒，不過為了不肯在對方面前示弱，所以我使盡全力將雙腳定在地上，然後慢慢地將右手手掌舉在胸前察看。

我手上一點傷痕都沒有。

「天雲眞人，名不虛傳。」阿齊阿里揚嘴一笑，說道：「我可要來眞的了喔。」

我暗自心驚，臉上卻不動聲色。「來呀。」

阿齊阿里雙手一分，兩隻手掌中各自蹦出兩顆光球。我一看大驚失色，心想一顆光球兀自抵擋不住了，一次來四顆那還得了？只見他張開嘴巴還想說點場面話，我立刻當機立斷，大叫一聲，全身爆出猛烈火光，以最快的速度對他衝去。跟他鬥法是絕對鬥不過的，我唯一的勝算就是近身肉搏，死纏爛打。說不定此人道法精湛，卻沒有練過拳腳功夫，那麼他只要挨我一拳，就會倒在地上爬不起來也未可知？

算盤打得很精，可惜世事不如人意。面對我瘋狂般的攻勢，阿齊阿里卻不採取拳腳呼應，只是以意念運轉光球，當場擋下了我所有攻擊。我每一拳、每一腳都招呼在賽飛羅之上，漸漸打到手瘓腳瘓，身上的火勢也逐漸減弱。我一邊加快手腳速度，一邊看著他好整以暇地應付自如。我突然想到，這時候如果有人在旁觀戰，他們會覺得誰是好人？是那個氣派從容，全身沐浴在聖光之中的中東人？還是我這個怒氣沖天、死纏爛打，全身籠罩在火焰之下的怪物？

又再纏鬥了幾分鐘，我已經打到火勢全滅、筋疲力竭。眼看對方光球越飛越快，變成了我在出手抵擋光球，而對方卻是主動進攻。又擋了幾下，中東人突然揮出拳頭，硬生生地將我彈開數步，接著兩手大張，四顆賽飛羅向後一縮，隨即以肉眼難察的速度，毫不留情地對準我的胸口轟來。

我想跑也跑不動，想擋，卻連手也提不起來。然而，就在四顆光球即將擊中我胸口的同時，我體內因應而生了四股力量，打從心臟部位浮現而出，正是屬於我自身的賽飛羅。

八顆光球交觸，黑夜登時閃耀得有如白晝。只可惜我的賽飛羅畢竟還是臨時頓悟出來的產物，怎麼敵得過對方長久以來累積的道行？閃光衝擊過後，我的賽飛羅渙散消失，整個身體登時給激盪到衝入了高空。然而就在同時，我又感到體內生出了另一股力量，這股力量跟賽飛羅大不相同，在我體內一分為二後，自我背心肩胛骨處破體而出，順著左右手臂向外狂張，收放之餘，竟然讓我整個身體停滯在半空中。

我神情驚愕，轉頭看去，發現我的背上多了一雙純白羽翼，舞動之間隱隱潛伏風雷之勢，宛如《舊約聖經》中的天使。

「對了、對了，就是這個了！」阿齊阿里在底下鼓掌叫好。「好美麗的一雙羽翼。打這麼久，就是為了逼出這對羽翼呀！」

我低頭看他，神色疑惑，問道：「你知道我身懷羽翼？」

「當然知道，只是必須眼見為憑。」阿齊阿里道。「你們天地大洞眞人級的人物都會隨身修煉兩樣法寶。天雲眞人修煉的除了莎翁之筆外，就是這對羽翼了。這對羽翼乃是《封神演義》裡面雷震子的法寶。當年雷震子在山中撿到兩枚紅杏，吃下腹中，隨即變成青面獠牙，脅下長出翅膀。後來他師父雲中子循線訪查，找出了那棵杏樹，又在上面摘了兩顆下來。那兩顆紅杏之後傳世，輾轉淪為天地大洞的故宮法寶，不過長久以來都沒人敢練，因為大家都怕吃了之後會變得青面獠牙。後來天雲真人藝高人膽大，服下兩顆紅杏，隨即以驚人道行壓下外型轉變，只有在必要時才會展現羽翼。」他點了點頭，補充一句：「既然身懷羽翼，就表示你真的是天雲真人，不會錯了。」

「就算我真的是天雲……是陳天雲，那又怎樣？」天雲真人四個字，我畢竟還是說不出口。

「就是這樣！」阿齊阿里說話同時，右手伸向腰後，抽出一根東西來。我深怕失了先機，受制於他，於是二話不說，比出招雷手訣，當場自羽翼間轟出一道耀眼大雷。這道雷距離近，聲勢更是駭人，加上阿齊阿里將全副精力放在手中的物品上，竟然沒有祭出賽飛羅防身。就聽見轟然一聲巨響，他的左手已經被狂雷打成焦黑一片，傷勢絕對不輕。但是同一時間，我只感到眼前一花，一條陳舊的繩子有如靈蛇般纏上身，瞬間綑住我的四肢，綁緊我的羽翼，甚至連我一身道法通通囚困其中。我身體向旁一側，登時從空中摔落，重重地跌在地上。

阿齊阿里緩緩綻放白光，治療受傷的左手，同時來到我的面前，扶著五花大綁的我坐起身來，搖頭說道：「天雲真人，得罪莫怪。」

我滿臉困惑，問道：「這就是綑仙索?你花了這麼大心力取得綑仙索，竟然是爲了對付我？」

他在痛苦的神情中勉強擠出一絲笑容。「沒有錯。」

「但是我根本不是你的對手呀。」

「那只是你以爲。」阿齊阿里深深吸了一口氣，接著緩緩吐出，四周登時起了一場大霧，將整座碧山巖風景區通通埋入霧中，三公尺外的景象瞬間變得白茫茫一片。「如果你已經恢復完整的道行，我才不是你的對手。由於不知道當眞面對你的時候，你究竟會處於什麼情況，所以我一定要手持綑仙索才有必勝的把握。」

我看他在我面前坐下，絲毫瞧不透他的心意。「你想怎樣？」

阿齊阿里搖頭道：「我花了三年的時間策劃這一切，就是爲了找你出來。天雲眞人，我所做的一切都是爲了幫你帶句口訊。」

「來自誰的口訊？」

「你自己。」

我神色一愣，突然感到整件事又要朝著更複雜的情況發展下去。

「你可能一時之間無法相信我即將告訴你的事，但是我必須強調，我絕對不會騙你。」

「你說吧。我今天已經聽了不少令人難以置信的事了。」我感覺有點哭笑不得。「但是我要你先放了雙燕。」

他搖頭：「我取得綑仙索後就沒有爲難她。她受了點輕傷，早就下山去了。眞人，你不要擔心她，你應該聽清楚我要告訴你的事。」他遲疑片刻，彷彿不知從何說起，最後道：「你應該已經發現，修煉界查不到我三年前的任何資料。原因很簡單，因爲三年前，世界上根本沒有阿齊阿里這個人存在。」

我想了想，問道：「你是說你是屬於吸收天地精華，突然成精的那類妖精？」

「不，我是讓人用法寶創造出來的。」他神色誠懇地看著我，繼續說道：「我是你在三年前用莎翁之筆所創造出來的最後一個角色。」

我瞪大了雙眼，不知所措。過了數秒後，說道：「但是他們說莎翁之筆的妙用在於改變因果，並沒有說可以創造人物呀。」

「他們？」阿齊阿里語氣不屑。「你相信所有『他們』告訴你的事嗎？」

我默然不語。說實在話，我不知道該相信誰。

「三年前，你遭受天地戰警追殺，被逼到走投無路。在發現自己毫無勝算之後，你就用莎翁之筆創造出我來。你預見自己將會喪失記憶，而且很可能連整個身分和容貌都會被人換掉。爲了預防這種情況，你必須將我設定成道法高深，但是又不能吸引天地戰警注意的人。於是，我就成了一個跟台灣修煉界完全沒有瓜葛的中東人。你交代我要在時機成熟時回來找出你的下落，幫助你恢復身分。」

他看我神色疑惑，又說道：「你不覺得我有點奇怪嗎？我的外表是伊斯蘭教穆斯林，根本不是猶太人，但是我信奉的偏偏是猶太教？這是因爲你對伊斯蘭教的修煉之法沒有研究，只涉獵過猶太教，但是偏偏又搞不清楚中東地區的人種跟宗教關係的緣故。再說，我的中文說得嚇嚇叫，幾乎沒有半點口音，光這一點就夠神奇了吧？」

我越聽越玄，只能問出一個當時心中最大的疑問。「所以……莎翁之筆眞的可以創造出一個眞實存在的人？」

阿齊阿里點頭。「你寫什麼，我就是什麼。我並不清楚這枝筆的所有能力，但是關於這一點，我很肯定。當年你在倉促之際創造了我，沒有時間詳細查閱背景資料，才會把我搞成這樣四不像的地步。不過不管怎樣，我總算是找到你了。」

我疑心一起，問道：「你是怎麼找到我的？偷取唐僧肉跟這件事有什麼關係。」

阿齊阿里道：「要護唐僧肉，就需要莎翁之筆。只要唐僧肉有難，天地戰警一定會再度找你出山。再說，三年前你之所以被人陷害，就是因爲有人要偷取唐僧肉。說更精確一點，就是天地戰警中有人想要偷取唐僧肉。我抓住這點不放，暗自丟出消息，說對唐僧肉有興趣，最後終於誘出天地戰警的叛徒來跟我接頭。當然，當年連你都查不出對方身分，自然是因爲對方對自己的身分保密到家的緣故。所以很遺憾，我至今還是不知道對方是誰。我答應對方幫他偷取唐僧肉，代價就是要他把你交給我。我謊稱跟你有深仇大恨，非要置你於死地而後快。總之，在剛剛交貨後，我就收到指令來此埋伏。對方將那個女的誘來此地，讓我擒獲。他說只要祭出綑仙索，你就會立刻知道我的行蹤，並且主動前來找我。我們才等了幾分鐘，你就來了。」

我想了想，說道：「但是你不確定我是不是眞的我，所以才要跟我鬥法，逼出我的法寶？」

「沒錯。」阿齊阿里道。「天地戰警腐敗至極，宵小橫行，我怎麼知道他們會不會隨便交個人就想打發我？如今確定是你，我終於可以放心了。」

「假設我相信你。」我道。「三年前的我究竟託你帶來什麼訊息？」

「你說天地戰警裡有內賊，千萬不能相信他們，不管他們的故事有多可信都不行。」

「這樣說不是等於白說嗎？」

「那是因爲我還沒說完呀。」阿齊阿里繼續道。「你還說想要弄清楚來龍去脈，唯一的方法就是去找博識眞人。」

我眉頭一皺。「但是沒有人知道他在哪裡。」

「不，你知道。」阿齊阿里道。「而且你告訴我了。要找博識眞人，你必須搭乘高鐵，過左營站不停，以時速三百公里的極速衝出鐵軌盡頭。」

我大驚：「那不是自殺嗎？」

阿齊阿里搖頭：「根據你的說法，到時候就會突破異度空間，進入遠古蓬萊仙境，來到博識眞人隱居的博識天軒。」

「我這麼說過？」

「沒錯。」阿齊阿里點頭。「你要我帶的話，我都已經帶到了。至於你說的方法是否眞的能夠進入蓬萊仙境，我沒試過，所以不能保證。」

我皺起眉頭，思考他的言語，一時之間，兩個人都沒有講話。

過了一會兒，我問道：「莎翁之筆究竟藏在何處？」

「不知道。你創造出我之後，必定是立刻就將筆處理掉了，因爲那是唯一可以保命之法。若非如此，天地戰警的叛徒也不會容許你活到今天。」

我又想了想，點點頭，抖抖身體道：「好吧，我相信你。快把我解開吧。你總不能一直用綑仙索綁著我。」

阿齊阿里遲疑片刻，緩緩搖頭：「暫時不能放你。把你綁起來，還有另一個用途。」

「什麼用途？」

「待會你就知道。」阿齊阿里說完微微一笑。「對方已經來了。」

我聽他語氣有異，立刻提高警覺察看四周。只可惜四周已被他用迷霧捲起，我的道法受困，根本看不見任何景象。正當我想開口問時，遠方突然傳來一聲極悶的槍響。

阿齊阿里悶哼一聲，眉頭一緊，接著低下頭去，看向逐漸染血的胸口。他伸出兩指，夾在胸前的傷口中，自其內取下一枚子彈，拿在眼前打量。我目瞪口呆，茫然看去，只見那顆子彈彈頭上刻有十字，彈底刻有五芒星，彈身刻滿道教符咒、凱爾特符文、猶太教咒語、巫毒圖像以及來自世界各地的宗教符號。阿齊阿里口中噴出一口鮮血，讚歎道：「好子彈。」說完手中無力，子彈隨之落地。

他兩手使勁一舉，搭在我的肩膀上，身體軟垂在我耳邊，細聲說道：「我本來就不該生於世間，這三年來，你給了我生命，還給了我人生的目標，我很感謝你。」他吸入最後一口氣，繼續說道：「這是我送給你最後的禮物。誰想殺我滅口，誰就是天地戰警的叛徒，這一點是絕對不會錯的。對方吃了唐僧肉，你暫時不是對手，千萬不可隨便攤牌。」他兩手一緊，說出最後話語：「去找博識眞人。再見。」說完兩腳一伸，就此死去。

我太過震驚，不知如何反應，也沒有辦法反應，只能呆呆地看著眼前蒼白的死屍面孔。阿齊阿里容貌祥和，含笑而終，顯然很滿足於他的一生，也很滿足他的死法。不知爲何，我此刻突然想到，如果他所言不虛，那麼他出生於世的目的已經達成，他這一生再也沒有生存下去的意義了。或許，他就是因爲這樣，才願意以一死來幫助我找出叛徒；或許，他不願意在失去目標之後繼續活著，有如一具行屍走肉，有如幾個小時前死去的清算霸；或許他就是爲了幫助清算霸解脫，才出重手殺他？或許……或許……或許他現在死去，根本是我在三年前創他出世時就已經安排好的？

我很怕最後那個想法才是事實。

腳步聲逐漸接近，四周的迷霧也隨著阿齊阿里的死去急速散開。數秒後，我自混亂的思緒中回過神來，朝著腳步聲的方向轉頭看去。

「雲哥？錢……錢先生？你沒事吧？」吳子明急急忙忙自山門外狂奔而來，手中長程狙擊槍的槍口兀自冒著白煙。在他身後還跟著大隊人馬。「我接到消息馬上就趕來了。」他來到我的身前，推倒阿齊阿里的屍體，放下長槍，替我鬆綁。「你沒受傷吧？」

我看著他，沉默不語。過了一會兒，搖了搖頭。

ch.11 雙燕單飛

「誰想殺我滅口，誰就是天地戰警的叛徒。」

阿齊阿里的話在我耳中迴盪不已。

「錢先生，你的身體雖然沒有外傷，但是手臂氣息紊亂至極。這是道力渙散的前兆，千萬不可大意。在雙掌的麻痺感消失前，絕對不可用力。」

吳子明熱切地拉起我的雙臂，我隨即感到手中傳來一股暖意。

我看著他擺在地上的長槍，想著阿齊阿里的話。沉默片刻後，問道：「是你開槍殺他的？」

「是。」

「爲什麼要殺他？唐僧肉身尚未尋獲，殺了他不等於是斷絕線索？」

吳子明搖頭：「肉身已經尋獲，剛剛我已經將唐僧帶回總部安放。」

我大吃一驚，心想難道阿齊阿里判斷錯誤？又或者他根本是在騙我？我問道：「在哪尋獲的？肉身完整嗎？」

吳子明緩緩搖頭：「本來我們以為完整，但是帶回總部之後，發現只是外表完整，唐僧之心已經不翼而飛。」

我眉頭一皺：「那怎麼能殺他？你應該留他活口，問他唐僧之心的下落，不是嗎？」

吳子明露出困惑的神色：「這……還需要問嗎？唐僧之心當然是被他吃了。此人道法本已深湛，此刻又服用了唐僧之心，我若不一上場就出重手將他擊斃，台灣修煉界沒有人治得了他。」

我凝視著他的雙眼，其中除了一貫的誠懇之外，看不出任何狡獪的神色。我點了點頭，開始回想他今晚的舉動，口中問道：「是在哪裡尋獲肉身的？」

「我在開回總部的途中突然接獲……」

吳子明開始講述尋獲唐僧的過程，但是我的心思卻沒有放在其中。我想到他今晚的種種舉止，從一開始在雙燕家巧遇，將我逐步拉入修煉界，接下來又引發我「潛藏的力量」，給我一個屬於過去的身分，陰謀論，竊盜法寶，一直到現在的殺人滅口。如果要從相信他的觀點來看，一切都很合情合理；但是要從相信阿齊阿里的觀點來看，這個傢伙也具有身為魔頭的條件。其中最令我起疑的還不是殺人滅口，而是他將手機交給我使用這一點。他爲什麼要把自己的手機留給我？雖然說是聯絡方便，但是眞有必要嗎？難道他不怕總部的人要跟他聯絡？就像我得知雙燕的位置那樣？手機一到我手，沒多久雙燕的消息便傳來，難道這不能是刻意安排的嗎？

難道這不是天地戰警的叛徒將陳天雲交給阿齊阿里的手段嗎？

一切都很合情合理。

「……我們就是在那裡尋獲棄置的唐僧肉身，隨即帶回總部。我想他一定知道帶著唐僧跑不遠的，所以割出唐僧之心，留下肉身給我們，藉以混淆視聽，爭取時間，消化聖僧道行。」吳子明說完繼續運送道法，助我療傷。

殺人滅口，死無對證。如此一來，叛徒可以輕易誣賴阿齊阿里吃下唐僧之心。天地戰警成員多半道法不足，無法判斷阿齊阿里的力量究竟有無得助於唐僧肉身。既然道德天師跟我都敗在他的手上，大家自然不會懷疑他曾呑食唐僧之心。竊賊伏法，肉身尋獲，這件事就此了結，就算有什麼交代不清的地方，也沒有嚴重到需要繼續追查下去。

「雙燕呢？有沒有找到我女朋友？」我既然信了阿齊阿里，自然認定雙燕不會還在碧山巖之上。如此問話，只是為了拖延思考的時間，並且觀察吳子明的反應。

「我已經派人上去搜查，一有結果隨即回報。根據我們衛星畫面的判斷……」

叛徒跟阿齊阿里商量抵定，立刻跟雙燕約定買賣綑仙索的時間和地點。接著出現在雙燕家中與我接觸，逼得雙燕不得不讓我涉入此事。交易失敗後，叛徒趁隙獲取我的信任，一步一步使我越陷越深。後來我們參訪唐僧肉身，蜘蛛精剛好來犯，將我們引誘而出，留下道德天師獨自與阿齊阿里單挑，這件事只怕也是安排好的。他假裝失手被擒，逼我「洩漏身分」，自然也是在計算之中。說不定我根本不是受到刺激才恢復道行，而是他暗中動手腳。其後天師遇襲，出手相救，接著馬上說要回總部處理要事，跟我分開。要事是要處理的，只怕不是天地戰警之事。他利用空檔在阿齊阿里盜走肉身後立刻收貨，再將一直不曾脫離掌握的雙燕行蹤洩漏給對方，逼迫雙燕使用綑仙索，總部探知後，立刻透過他的電話來通知我，造成我遭擒危急的假象，進而取得足夠的藉口殺人滅口……

如此想法雖然一廂情願，但也算得上合情合理。

「報告吳探員，附近都搜過了，沒有李雙燕小姐的下落。」

「辛苦了。」吳子明說著微微鬆手，看來已經行功完畢，療好我的傷勢。

「錢先生可以放心。既然李小姐不在附近，相信不會有太大的危險。」他說完兩手一縮，打算放開我的雙手。我微一遲疑，不知道該不該放。

吳子明究竟是不是叛徒，此刻我與他身體接觸，一試便知。我曾見過唐僧肉身，瞻仰過聖體聖光。他若吃了唐僧之心，我只要道力一聚，立刻就能分辨。然而此刻他還不知道我已起疑，如果貿然試探，輕則啓人疑竇，重則當場翻臉。若眞如阿齊阿里所說，此刻的我絕對不是對手，翻臉沒好處。

我左手鬆脫，右手使勁，用力跟他握了握手。「今天晚上辛苦你了，吳先生。非常謝謝你。」

他眉頭一皺，眼中隱隱綻放出銳利的光芒。精光一閃即逝，他很快換上之前的笑臉，跟我回握。「這都是我份內之事，拖你下水，是我的錯。」

我放開手掌，故作輕鬆地吁了口長氣，伸手揉揉太陽穴，說道：「這裡的事，要交報告嗎？」

他點頭：「天都亮了，錢先生先回家休息吧。報告晚點再交，沒有關係。」

我故意打了個呵欠，「那我先走了。如果有雙燕的下落，請立刻通知我。」

「一定，一定。」

我轉身對著停車場走去，不過沒走幾步，又聽見吳子明的聲音。

「對了，錢先生。我們趕到之前，你已受綑仙索所困，當時看來，他似乎在與你交談？」

我停下腳步，心想他終究是要問的，回頭說道：「他說我是他的殺父仇人，不過細節還沒講清楚，你就開槍了。」

「原來如此。」

我也不知道他信還是不信，不過等了一會兒，見他沒再說話，我就繼續走去開車。

一上車，我精神鬆懈，眼皮當場垂了下來。我疲憊至極，無力多想，發動引擎後，便將腦袋放空，沿著山道向家中開去。天色已亮，陽光在我一夜未眠的眼中顯得十分刺眼。我越開越是朦朧，突然間，車子一滑，差點跌落山下。這一驚非同小可，終於讓我腦子再度清醒。我戰戰兢兢開回家，找個車位停車，向路上相熟的早餐店賒了杯咖啡，緩緩踱步回家。

我怕一沾床立刻陷入昏睡，所以不敢進入臥房，只在客廳稍坐片刻閉目養神一會兒。我很想大睡一覺，但是心中始終有一種急迫的感覺，似乎我已經沒有時間了。其實我並不知道是什麼事這麼急，唐僧肉身找回來了，雙燕應該不會再遭人追殺。除非……除非殺人滅口的行動還沒結束。我芒刺在背，心緒不寧。叛徒吃下唐僧之心不可能就這麼算了，他一定還有更進一步的圖謀。不，事情還沒有結束，我還不能休息。我要趁著對方以爲我在休息的空檔採取行動。

我必須去找博識眞人。

我深深地吸了一口氣，張開眼睛，將剩下的咖啡一飲而盡，取出口袋中的皮夾確認悠遊卡跟信用卡都在裡面。我手頭缺乏現金，不過幸好這個社會不是一定要有現金才能通行。這時我突然想到，這種迫切的壓力是否也是因爲沒錢所致？就正常人的觀點來看，我已是山窮水盡。若不盡快解決生活困難，只怕我也不需要去管什麼天地戰警叛徒之類的事了。

我去浴室洗把臉，然後出門，從電梯後方的防火梯下樓，越過社區中庭，自後門離開大樓。我不知道有沒有人在監視我，但是我必須假設有，畢竟對方是個擁有唐僧之心的大魔頭。天地戰警的公務車我也不敢開了，因爲那台車上百分之百會有追蹤裝置。我繞到小巷，穿來梭去，最後來到捷運內湖站，偷偷摸摸上了捷運。數十分鐘後，來到高鐵台北站。

我走到售票口，買了一張直達左營的高鐵票，看看時間還有十幾分鐘，於是在附近找了間廁所舒暢一番。走出廁所厚後，我眼角瞥見一件藍色線衫。我不是什麼反跟監的專家，或許以前是，不過就算是也洗手不幹很久了，但是無論如何，打從我出門開始已經第三次看見這件線衫。到此時再不留意，我也不必去找什麼眞人了。我裝作毫不在意，走到一根樑柱後，隨即轉身回頭，跟穿線衫的人擦身而過。那是一個壯年男子，約莫三十五歲左右。我把對方的長相跟穿著記在心裡，然後就走到月台上去搭車。

上了高鐵，來到我乘坐的那節車廂，四下打量一番，沒有看見藍衫人的蹤跡。我走到座位上坐下，注意著前後出入口的情況。過了一會兒，列車開動，藍衫人始終沒有現身。我暗自鬆了一口氣，心想或許是我太敏感，搞到自己疑神疑鬼。但是放鬆歸放鬆，我還是不敢就此睡去，畢竟對方可能只是還沒有找到我坐在哪裡。我又撐了十幾分鐘，感覺眼皮越來越沉，想想這樣下去不是辦法，乾脆離開座位，主動尋找對方。若不確定對方在不在車上，我始終都會放不下心。

我走到前方車門，越過廁所，走進下一節車廂。門才剛打開，我就看到藍衫人站在走道上正朝著我迎面走來。他看見我之後，臉上神情一僵，隨即轉身向後方的車門走去。我冷冷一笑，跟在他身後。他走到下一節車廂，見我依然跟在身後，只好繼續前進，出了車門打開廁所門躲了進去。

我站在廁所門口，好整以暇地等他出來。

五分鐘後，他打開廁所滑門，看見我站在門口，神色大爲驚慌。我對他笑了笑，轉頭確認左右無人，抬起大腳就把他踹回廁所之中。我擠身進去，反手關上廁所門，接著提起膝蓋擋下他的肘擊。廁所空間狹小，擠了兩個男人之後已經沒有轉身的餘地。藍衫人倒也了得，手腳齊出，短打側踢，在有限的空間裡擊出最強的力道。我任由本能發揮，轉眼間擋下他八次攻擊，接著左手壓制他的雙手，右腳一弓抵住他的雙腳，右掌由下往上一掐，隨即將他壓上窗口，再也喘不過氣來。

「你是……」

我話還沒問完，突然手掌一鬆，對方竟然全身化作濃霧，飄然四散。我兩手翻轉，揮出掌風帶動霧氣，將其聚成一團，接著運氣於掌，一把抓去，虎口扣住對方的咽喉，再度將他抓回人形。

「是誰派你來的？」我問。

對方對我怒目而視，神情不屑。

「是吳子明派你來的？」

我說著手掌一緊，對方立刻呼吸困難，面無血色，連舌頭都伸了出來。我手頭一鬆，再問一次。這一回他神色中流露出恐懼之意，不過語調怨毒，說道：「沒人派我來，我恨不得喝你的血，剝你的皮！」

我眉頭一皺：「你說什麼？」

「你不認得我了？」對方咬牙切齒地道。「我是天地戰警曹萬里！三年前太平山一役，你將我哥哥曹萬斤打得死無全屍，空棺入葬。我等了你三年，就是要……要……報這不共戴天之仇！」

我想不到他會說出這種話來，一時之間不知如何反應。

過了數秒，我放開雙手，後退一步，說道：「當年的事我不記得了。不過我肯定也是遭奸人所害。你哥哥的事，我很抱歉，但是如果你眞想報仇，可不可以等我揪出奸人身分再說？」

對方瞪視著我一會兒，接著突然揮出一拳。我念在他報仇心切，不避不讓，挺起胸膛承受了他這一拳。這一拳打在我的胸口，隨即反彈而出。他的手不痛，我的胸也沒傷。他喘了兩口氣，接著嘆息說道：「我先機已失，今日無論如何報不了仇。罷了！」說完將我推到一旁，拉開廁所門就要離去。

我突然若有所悟，反腳踢回滑門，說道：「先別走。」

對方大驚，背貼牆上，問道：「你……你想怎樣？」

我側頭看他，默不作聲，只看得他渾身不自在。「你說你是天地戰警的探員，我要看看你修煉的法寶。」

對方一愣，說道：「這……這……法寶這麼神祕，怎麼能說看就看？」

我冷冷一笑：「你這一手化煙的功夫可厲害的呀。我思前想後，似乎連我都不會？看來這該是你與生俱來的能力吧？」

對方額頭冒出冷汗，兀自強辯：「不……不是……我是自行修煉……」

「你是妖精！」

「我不是！」

對方大叫一聲，狗急跳牆，再度變煙，轉眼間又讓我給抓了回來。我將他壓在牆上，以冷酷的眼神凝視著他。他在我的目光下信心盡失，隨即哀號道：「你饒了我吧，求你高抬貴手。我只是一隻小小吸血鬼，而且好多年沒吸人血了……」

我緩緩搖頭。「吸血鬼能幹到白晝之下行走人間，你這道行可也不淺呀。」

他全身發抖，顫音說道：「我……我修煉五百年，才到今天這個境界。大……大仙明鑒，若非往正道裡修，我怎麼可能行走日光之下？我眞的不是壞……壞……壞……」

「睜眼說瞎話。你要不是壞人，來害我做什麼？」我冷笑一聲。「你早就編好謊言騙我，分明是有人指使。說，是誰派你來的？」

「是……是……」他呑口口水，吸了口氣，彷彿下定決心，說道：「是天地大洞的子明眞人。」

我暗暗一笑，心想果然是他。「吳子明是天地戰警的主事者。他要跟蹤我，盡可以運用天地戰警的資源。爲什麼要找你？」

「因爲……」他心一橫，全盤托出。「因爲動用天地戰警跟蹤你，他不好交代，所以只好找我。我沒有能力拒絕他，因爲我是他用招妖幡招來的妖精。他可以透過招妖幡控制我的一舉一動。如果被他發現我把這個祕密告訴你，我一定會死無葬身之地。」

原來招妖幡不但能夠招來妖怪，還可以控制對方的行爲，強迫對方幫他做事。看來之前懷疑他招狐狸精，應該不是冤枉他了。我手中聚起道力，微加試探，果然發現對方的道行偏向正道，絕非吸食人血之妖。接著我注意到他後頸上連著一條銀線，線尾遁入虛空之間，看來應該就是招妖幡跟他之間的聯繫。我臉色微和，說道：「我信你。不過我也不能讓你繼續跟我。如果你不想死無葬身之地，可不能這麼乾乾淨淨地回去覆命。」

對方一咬牙，點頭道：「麻煩大仙。」

我一頭頂上他的腦袋，當場將他撞昏，接著拉開馬桶蓋，道力一放，把他化作煙霧，全部塞入馬桶之中，蓋上馬桶蓋，壓個水就把他沖出去。

我洗了手，甩甩水滴，打開滑門離開廁所。

一出廁所，我馬上察覺到一股不對勁的氣氛。然而廁所外的空間就那麼點大，我怎麼看應該都沒什麼異常之處。數秒之後，我發現鼻子裡傳來一陣淡淡花香，耳中隱約聽到幾聲清脆悅耳的鳥語。我轉頭看向鳥叫聲處，卻發現後方門邊站著一隻小燕子，正對著我的方向張口鳴叫。燕子一跟我的目光接觸，隨即轉過頭去，通往下一節車廂的電動門也自動打開。就看牠蹦蹦跳跳地跳了進去，接著展翅一飛，姿態曼妙，輕輕巧巧地消失在車廂中央的一排位置後。那排位置三個座位，從後面看只看得到靠窗的椅子上有人，瞧頭型是個女人。我緩緩吸了口氣，慢慢迎向前去，來到那排座位旁，輕輕坐在靠走道的椅子上，背靠椅背，一言不發。

我沒有轉過頭，但就著鼻子裡熟悉的香味，我很清楚隔張椅子坐在窗邊的人就是雙燕。

我們兩人呆坐在同一排座位上，誰也沒有對誰看上一眼，也不說上一句話。任誰經過都會以爲我們是陌生人。

形同陌路……

過去幾個小時中，我有許多機會可以懷疑雙燕，但始終沒有就著疑點細想下去。我不敢，也不願意面對。我不想聽到什麼雙燕不是人之類的鬼話，也不想追問她跟我在一起的原因。本來我想這件事情結束後，如果再也見不到她，我也不必刻意去找她了。畢竟再怎麼刻骨銘心的愛情，也該懂得見好就收；明知道不會有好答案的問題，又何必多問？只可惜，男歡女愛總是感性大於理性。再怎麼打定主意不去找她，如今她既然好端端地坐在身邊，又怎能裝作沒看到呢？

我終於轉頭看她，卻發現她依然凝視窗外。瞧她落寞的神情，似乎心情比我更加沉重。我輕輕嘆了一口氣，她緩緩向我看來。目光相觸，我看不見眼角中的淚痕，卻發現深埋心底的悲哀。我知道，她有苦衷。

「雙燕……如果這眞是妳的名字。」諷刺並非我的本意，但是一開口，我還是忍不住如此說話。眼看她沒有立刻反應，我接著說道：「我只想要知道，妳對我的感情是不是眞的？」

她低下頭去，輕聲嘆息。沉默片刻之後，緩緩說道：「我一開始接近你，並不是因爲我喜歡你。如果你是在問這個的話。」

「我不是在問這個；我問妳是否眞的愛我？」

她抬頭看我，嘴唇微顫，欲言又止，最後終究還是沒有回答這個問題。「我來，不是要跟你解釋什麼，只是想告訴你事情的眞相。曉書……你……你想知道什麼就問，我不會再騙你了。」

「過去三年妳都在騙我嗎？」我酸酸地問。

她遲疑了一秒，點點頭。

「就連說愛我的時候，也是騙我？」

她凝視著我，神情似乎有點迷惘。「你……難道只在乎這件事情嗎？你不在乎我接近你的意圖？我的眞實身分嗎？」

「說到底，妳接近我的意圖，以及妳的眞實身分……」我搖頭道。「都比不上妳愛不愛我來得重要。」不管她有何意圖，是何身分，只要她眞的愛我，一切都會有所不同。

她繼續凝視著我，眼眶似乎有點紅潤，但始終沒有泛出淚光。「我是吳子明派來監視你的。打從三年前你得到新身分的那天開始，我就已經進入你的生活，每天……每天地……監視著你。」她終究還是岔開話題。

「就像妳之前監視清算霸一樣？」這話讓我問到鼻頭發酸。

她點頭。「我向來都是在執行監視任務，從勘查敵情到長期臥底……這是我的專長。」

「監視人有必要出賣肉體、出賣感情嗎？」

「我……」她再度欲言又止，只是這一次終究把話說了出來。「我不是人。只要我不願意，就絕對不會跟你有孩子。說什麼出賣肉體，對我而言也不過就是那麼回事。至於感情……我自己會拿捏，」她擠出一個笑容。「不需要你擔心。」

「那我呢？」我神情苦惱，捏了捏自己的額頭，說道。「我總需要擔心自己的感情遭人玩弄吧？」

「對不起。」

「一句對不起就算了？」

她搖頭：「算不了。你想怎麼樣？」

我五味雜陳，怒氣勃發，衝動說道：「信不信我收了妳？」

她面無表情，就連說話也不帶有任何情緒。「要收，就收。我如此待你，早就不存僥倖之心。你可知道我是什麼妖精，該當如何收？」

我嘴唇顫抖，喉頭乾燥，一股想哭的衝動壓在心口，什麼也說不出。

「我是雙胞胎，生下來就是一隻雙頭燕，註定不可能活下來。但是天可憐見，讓我在出生的第二天就遇上一位高人。他砍下了我另一顆腦袋，悉心照顧，終於救活了我。我隨即發現，原來我有一個姊姊，跟我共用一具身體，但是腦袋已分家。她以元神之姿出現在我夢裡，告訴我要好好活下去。爲了不辜負姊姊的犧牲，我向高人求教，希望他教我修煉之法。高人菩薩心腸，在我身邊耽擱了一個月的時間，跟我講述天地間的大道，並且傳授修煉法門。高人離去後，我潛心依法修煉，終於在二十年後修成人形，也保住了我姊姊的靈體，不至於元神渙散。此後我感念高人恩德，發下宏願，行走人間，四處行善，想為這個世界貢獻一己之力。」

「妳也是吳子明用招妖幡招來差遣的？」我懷抱希望地問道。

她遲疑片刻，沒有回答，繼續說道：「我認識吳子明的時候，他是個好人，古道熱腸，嫉惡如仇，想要將天地間所有責任扛在肩上。我仰慕他的風采，對他一見傾心，自願加入天地戰警，成為他手下專屬的臥底探員。當時除了他跟天地戰警的主管，也就是陳天雲之外，沒有人知道我的存在。我們傾訴心事，知交莫逆，但是數年下來，他始終對我相守以禮，從來不曾有過逾矩的行為……」

我哼了一聲，忍不住出言諷刺：「但是他卻派妳去監視清算霸。」

雙燕瞪了我一眼，神情十分冷酷，說道：「我跟清算霸清清白白，不是你想像的那個樣子。」

我無話可說，暗想妳跟我並不清白，看來臥底歸臥底，還是有親疏之分。如此說來，妳畢竟對我還是有點情意？

「妳把吳子明說得那麼好，後來又怎麼了？」

「我不知道。」雙燕說著嘆了口氣。「大概四年前，有一天他突然陷入十分沮喪的低潮。我如何勸說，他都不聽；如何安撫，他都不理。問到最後，他只透露他發現了一個祕密，一個讓他曾經努力的一切都失去意義的祕密。在那之後，他就開始變了。當然在人前他還是跟以前一樣，即使待我也沒什麼不同，但是我時時刻刻注意著他，自然可以看出他的轉變。他的心機越來越深沉，表裡越來越不一，甚至有時候會消失好幾天，但是在回報行程時又不盡不實。一年後，終於爆發了韓國人意圖搶劫唐僧肉，天地戰警出現內奸之事。」

「當時我先入爲主，認定內奸是他。對不起，說眞的，後來發現內奸原來是陳天雲時，其實我心裡非常高興。儘管認定內奸的過程令人存疑，但是我需要相信他不是內奸，我需要告訴自己你才是內奸。」

「我變成錢曉書後，他就派妳來監視我？」我問。

「他想派我來，但是當時我們處於冷戰，所以他不好開口。」雙燕停了一下，繼續道：「是我主動接下這個任務的。一來反正他也想要我去；二來是因爲……我畢竟……還是心存懷疑。我想要藉由近身觀察，來確定你到底是不是內奸。」

「但是我已經不是陳天雲了。」

她搖頭：「一個人的記憶可以篡改，個性卻是與生俱來。所謂江山易改，本性難移。你若真是城府深沉的大魔頭，到哪裡都是城府深沉的大魔頭，總是可以看出端倪的。」

「結果呢？妳看出什麼端倪了嗎？」

她沉默不語。

我加強語氣：「我問妳看出什麼端倪沒有。」

「你明明知道沒有的。」她抬頭向我看來，神色中微微透露出楚楚可憐的模樣。「跟你接觸不到半年，我幾乎就可以確定你是被陷害的。至於陷害你的人是誰，我當然也心裡有底，只是不願對自己承認。當時我想，乾脆不要再回去蹚這蹚渾水，也不要再跟吳子明作多餘的接觸。我不想問他是不是他幹的，不想知道事情的真相。我只想這樣就算了……」

很顯然地，我可以了解她當時的感受。

「當時你追我追得很勤，對我又一片真誠。我情緒低潮，內心黯然，自然而然就投入你的懷抱。你要問我是不是真心待你，我只能說這個問題很複雜；你要問我是不是真的愛你……」她眼眶微紅，嘴唇輕顫。「三年了，這個問題還需要問嗎？」

我只想一把撲上去將她擁入懷中，但是我克制了這股衝動。事情畢竟還沒有釐清，我也不能憑她一句愛我就什麼都不管了。況且她還不算是正面回答。

「後來又怎麼了？爲什麼跟我分手？」

「吳子明帶著綑仙索找上門來，說要把繩子寄放在我這裡。」我微一揚眉，她繼續說道：「我當時一聽就知道有鬼。除非另有所圖，不然綑仙索這種東西有什麼理由交給我保管？放在故宮後山絕對比藏在外面要來得安全。我堅決拒絕他，他卻說什麼也要我收下。講到後來火氣大了，我心裡一激動，就把心中的懷疑全盤托出。這一翻臉，他撕下了所有面具，竟然以招妖幡招去我姊姊的元神，以我姊姊的靈體脅迫我就範。我沒有辦法，只好答應他的要求。」

我沉吟片刻，問道：「爲什麼招妳姊姊，卻不直接招妳？」

她神色微顯驕傲：「我打從出生起就修煉正道，一生中沒有害過任何生靈，身上沒有絲毫妖氣，招妖幡招無可招。但是我姊姊一出生隨即成爲元神姿態，擺明就是妖怪，再怎麼潛移默化也化不去她一身妖氣，終於被他有機可趁。之後的事，你差不多都知道了。」

「妳一直接受他的指示，跟他合作？今天晚上的所有事，妳都有參與策劃？」

她用力搖頭，神情受傷。「你眞的把我想得那麼賤？你以爲我爲什麼要跟你分手？我不希望你涉入其中！他都已經用我姊姊來威脅我了，怎麼還會讓我得知所有計畫？我不清楚他的計畫，不知道綑仙索的行動是否與你有關。所以我只好跟你撇清關係，再想辦法暗中保護你。我跟他說好，辦完這件事，從此一刀兩斷。我也不需要知道太多細節。這種內幕，當然是知道得越少越好。基本上，我是在昨天晚上帶你去愛買的路上，得知吳子明跟你之間的對話，才終於確定這次的陰謀跟你有關，他打算逼你出山。」她嘆了口氣，繼續說道。「我很肯定吳子明暫時不會讓你受到傷害，那時的當務之急，在於我要如何自保。我一個晚上都在逃命，根本沒有機會與你聯絡。不過我只要一有空閒，就會察看你的狀況，所以你的記憶和道行恢復到什麼程度，我都一清二楚。」

「妳既然在逃命，又要如何察看？」我問。

她側過身子面對著我，閉上雙眼，我跟她之間憑空浮現一隻小燕子。「這位是我姊姊。」她依然閉著眼睛道。「你雖然看見她是一隻燕子，但其實那只是幻覺。眞正的她沒有肉體，所以不受凡塵的物理限制，可以前往任何她想去的地方。當她離開我體內之後，我就可以透過她的雙眼視事。這就是爲什麼我如此擅長監視行動的原因。」

我想到她在愛買交易時，待在車裡閉著眼睛就將外面埋伏的人員位置調查得清清楚楚，原來就是這麼回事。

「我邊逃邊躲，只要找到機會休息，就會讓我姊姊去找你。」

我側頭看著她，內心十分激動。我好想相信她，想要擁抱她的關懷，但是茲事重大，不問清楚絕對不能輕信。

「妳現在來找我，有什麼目的？」

「目的……」她微嘆一聲，似乎怪我始終不肯相信她。

「現在風聲這麼緊，妳如果沒有目的，又何必在此刻冒著危險現身？」

她看了我一會兒，接著點了點頭。「我不求你原諒我，但是我希望能夠幫你。」

「幫我什麼？」

「對付吳子明。」

我愣了愣，說道：「他吃下唐僧之心，道行突飛猛進，要對付他，並不容易。」

「我有辦法。」她神情十分肯定。「你跟他在故宮分手後，我見他形跡可疑，於是讓姊姊跟蹤他。我目睹了他跟阿齊阿里交易，也親眼看到他挖出唐僧之心，但是他並沒有吃。」

「沒吃？」

雙燕點頭。「他挖出自己的心臟，以唐僧之心置換。」

我目瞪口呆，忙問：「爲什麼？」

「他不直接吞食的原因，我並不清楚。或許直接吞食唐僧肉會出現無法在他人面前掩飾的跡象也不一定。但是挖心換心這種事，我卻是聽說過的。中古時代的歐洲就有很多巫師將自己的心臟藏在隱密處，不讓敵人找到。只要心臟安全，巫師的肉體受到再大的傷害也能復原。」她停了一下，神情慎重地道：「我可以幫你找出他的心臟所在。只要毀滅他的心臟，就算有唐僧之心也救不了他。」

我沉思片刻，不置可否，過了一會兒，問道：「所以妳是透過妳姊姊得知我來搭乘高鐵？」

她點頭。

「妳並不知道我要去哪裡？」

她道：「我知道你買的是去左營的票，但是我不知道你去那裡幹什麼。」

我「嗯」了一聲，沒有繼續說下去。

她語氣遲疑，緩緩問道：「你該不會是想……逃避吧？」

我轉頭看她，問道：「如果我說是呢？」

「那我會告訴你逃避不是辦法，吳子明遲早會來找你的。」

「也會來找妳？」

「是。」

我深深吸了一口氣，搖搖頭。其實最後這幾句對話根本無關緊要，我問，只是想要拖延說出眞話的時間罷了。「雙燕，妳不知道我有多麼願意相信妳，但是事實上，妳騙了我三年，要我如何再度信妳？妳所說的一切，都有可能是吳子明計謀中的一部分。就算不是，難道妳能保證吳子明不會再度威脅妳？留妳在我身邊，隨時都有被捅一刀的危險。」

她低下頭去，想了想，抬起頭來。「我可以了解你的憂心。信我，還是不信我，就看你怎麼決定。如果你不願意信我，我立刻離開，從此以後再也不會出現在你面前。」

信不信雙燕？其實這個問題沒什麼好想的，因爲就算我再怎麼覺得不可信她，終究還是會讓她跟來。一來是因爲我迫切需要一個值得信任的人，需要一個朋友。短期內發生太多事，我不能把所有轉變埋在心裡，我需要找人傾訴，與人商量。二來……是因爲如果我不信她，她就會馬上離開，從此以後再也不會出現在我面前。而我不希望這件事發生。

我側過腦袋，目光飄向她的後腦勺，沒有看到類似剛剛吸血鬼腦後的那條銀線。雖然我不能肯定那條銀線是否眞是招妖幡的連結，但是這樣一看，總是讓我比較心安。

我伸手握起她的手掌，感受著這隻曾經握過無數次的溫暖小手。直到昨天以前，我都願意爲了這隻手的主人赴湯蹈火、至死不渝，就算上刀山，下油鍋，我連眉頭都不會皺一下。到了今天，有什麼改變了嗎？我想是沒有的。愛情，不會在一夜之間蕩然無存。

她看著我握她的手掌，接著又將目光移到我的臉上。我微微一笑，點了點頭。她雙眼緊閉，淚水決堤。我手上微微用力，將她拉離靠窗的位子，拉近我們的距離，拉到我的身邊。她將頭埋入我的肩膀，不停流淚，不停流淚……

「忙了一個晚上，累了。妳快睡吧，到了我叫妳。」

ch.12 博識真人

矇矓之中，一股外來的氣息突然接觸我的皮膚。我張開雙眼，深深吸了一口氣，隨即轉向身旁的雙燕。

「有人來了。」

雙燕雙目緊閉，聚精會神，點頭道：「是個男人，正氣浩然，可能是天地戰警的人。怎麼辦？」

我沉思片刻，拉起她的小手，起身朝車頭的方向走去。還沒走出兩步，突然感到雙燕手心一緊，一股強大的氣勢隨即自身後衝來。我手中使勁，將雙燕拋向前去，隨即回頭面對對方。想不到那股威脅的壓迫感越來越重，但是對方卻還沒有在這節車廂現身。一秒過後，我開始覺得呼吸不順，暗暗心驚。就在此時，通往下節車廂的車門破碎，一道閃閃發光的紅色圓圈竄入車廂，對準我的腦袋筆直擊來。圓圈旋轉急促，聲勢驚人，看來根本不用擊實，就算被帶到一點也會腦漿迸裂。我不敢伸手去抓，於是側頭避過。那圓圈彷彿長有眼睛，一擊不中，隨即迴轉圈身，再度向我衝來。我在狹窄的車廂內左躲右閃，圓圈始終如影隨形。若不是之前曾受過阿齊阿里的賽飛羅洗禮，此刻要迴避所有攻擊當眞不易。

我身形急轉，閃到裂成兩半的車門前，正自思量是否該躲到車廂外，突然覺得身後傳來一股猛烈的熱風。我斜嘴一笑，右肘後擊，跟偷襲之人的掌心一撞，登時借力翻身，越過圓圈，空中飄出十尺之外，落在雙燕身邊。轉過頭來，看向站在門口的男人。對方雙手接過法寶，對著我們怒目而視。

「你是天地戰警的人嗎？爲什麼一見面就下此重手？」我問。

「不下重手，怎麼殺得了你？」對方臉部肌肉顫抖，顯然情緒十分激動。「魔頭！你不認得我了？我是曹萬里！三年前你殺我哥哥，這筆帳總是要還的！」

我暗自心驚，不知如何是好，於是看向雙燕。雙燕側過頭來，在我耳邊小聲道：「聽說萬里眞人修煉的法寶乃是三太子的乾坤圈，依照剛剛的聲勢來看，應該不是冒牌的。」

我心想才剛解決掉一個冒牌貨，想不到正主還是找上門來。看來這個曹萬里多半是天地戰警中跟陳天雲結怨最深，也是最有實力與之抗衡的人。不然吳子明誰不好找，幹嘛偏偏讓他來？

「曹大哥，是吳子明派你來的嗎？」

「大你個屁哥！」

曹萬里怒氣沖天，忍耐不住，祭起乾坤圈再度猛攻而來。我心想還沒弄清楚他跟吳子明究竟是不是同夥，還是暫時不要正面衝突爲妙，於是抱起雙燕，朝著反方向狂奔而去。乾坤圈速度飛快，我的腳程也不算差。不到兩秒，我撞破車門，翻身撲倒，待乾坤圈擦髮而過之後，隨即反身將車門碎片踢向曹萬里，藉以混淆視聽，繼續逃往下一節車廂。

如此逃了幾節車廂，嚇壞無數乘客，轉眼已經來到第一節車廂。一看車廂內並無旅客，我當即鬆了一口氣，將雙燕擋在身後，右手扯起一張座椅使勁拋向乾坤圈。就聽見嘩啦一聲，沉重的座椅已經化爲灰飛煙滅，乾坤圈卻依然勢道不減，直竄而來。我冷冷一笑，側身向前，翻出右側羽翼，將我跟雙燕籠罩其下。乾坤圈與羽翼交觸，發出金鐵交擊聲，一時之間震耳欲聾。數秒之後，一切回歸寧靜。我撤掉羽翼，昂首而立，只見曹萬里手持乾坤圈站在車廂另一頭。

「你這魔頭，竟然敢以如此神聖的形象現世！」

我低聲對雙燕道：「把列車長弄出駕駛艙。」雙燕當即走到後方敲門。我轉向曹萬里，笑道：「曹大哥，究竟是不是吳子明派你來的？」

曹萬里呸的一聲，怒道：「吳子明跟你那麼要好，怎麼可能透露你的行蹤？我當然是另外收到線報才找到你！」

我搖頭：「我的眞實身分只有吳子明跟道德天師知道。你是從哪裡得來的線報？」

「我的消息來源……」曹萬里說到一半，臉上突現茫然神色，顯然也感到事情有些不對頭的地方。

「不管消息來源爲何，最後一定可以追溯到吳子明身上。他是想要借刀殺人，曹大哥不可中計。」

「放屁！」曹萬里大吼一聲，整節車廂爲之劇震。「果眞是他洩漏的話，我還要謝謝他！不必廢話，魔頭。今天不是你死，就是我亡。」說完便舞動乾坤圈，直撲而來。

「此事另有隱情，曹大哥不可意氣用事！」我還想解釋，不過他根本充耳不聞。我運起法力，比出劍訣，指心冒出一條一公尺長的藍光，以此無形劍光硬拚乾坤圈。走上幾招之後，我已經發現這位萬里眞人是個莽夫，除了法寶厲害、道力霸道之外，並沒有什麼特異之處。當眞要打，我早就一劍把他殺了。但是此人顯然遭人利用，我可不能胡亂殺他。不想殺他，那就險象環生，因爲他手中的乾坤圈威力無窮，我可不想以身試法。拆了幾招之後，我胸中一股怒火勃然而生，眼看再過不久就要發作。我暗暗心急，深怕再度陷入管不住自己的瘋狂狀態。就在我考慮該不該行險強行以道法收掉乾坤圈的時候，身後傳來一個陌生男子的聲音。

「這是幹什麼？兩位先生快點住手！」

我哈哈一笑，翻身退到列車長身後。曹萬里身爲天地戰警，不能亂傷無辜，於是收回乾坤圈，對我怒目而視，叫道：「姓陳的！有種不要躲在車長後面！」

我滿臉眞誠，看向列車長，說道：「車長，他沒買票，想坐霸王車。快點來查票吧！」

列車長搞不清楚狀況，站在我們中間不知所措。我趁亂湊向雙燕，又問：「駕駛艙裡還有人嗎？」雙燕道：「還有副車長。」我點頭：「那看來要扮壞人了。」

曹萬里叫道：「陳天雲，你縮頭縮尾，是個縮頭烏龜！」

「跟你說過，我是錢曉書。」我說著從皮夾裡抽出身分證，在車長面前晃了晃。「你認錯人了，不要再糾纏我，好嗎？」

車長一看我果然不是陳天雲，立刻堆滿笑臉，朝曹萬里迎了上去。「這位先生，我看過他的身分證了。他眞的叫作錢曉書呀。請你不要鬧了好嗎？」

曹萬里大怒，一把將車長推到一邊，舉起乾坤圈對我丟來。我早已蓄勢待發，運勁在手，看準乾坤圈擊來的方位，順著旋轉的勢道一把抓出。就聽見轟然一聲巨響，整節車廂的窗戶瞬間爆破，強化玻璃的碎片四下飛散，高速下的強風立刻襲來。車長站不穩，一屁股坐在最接近的座位上，緊緊抱住前方椅背，大叫：「小心呀！各位旅客趕快離開這節車廂呀！」

曹萬里面風而立，張口維艱，破口大罵，不過也聽不太清楚他罵些什麼。此刻我手掌尙自冒著白煙，不過畢竟是將乾坤圈給接了下來。乾坤圈桀驁難馴，兀自抖動不已，看來我也制伏不了它多久。我回頭看向雙燕，只見雙燕搖了搖頭，通往駕駛艙的車門緊閉，顯然是副車長不肯出來。我冷冷一笑，對著前方車長叫道。

「現在是劫車，還請列車長安撫乘客，叫大家不要擔心。」

列車長張不了口，曹萬里又叫道：「放屁！你說劫車就劫車？你當是拍西部片嗎？」

我將乾坤圈直立胸前，道力一聚，深入圈中，張開手掌，乾坤圈當場向外擴張，瞬間變大數十倍，削鐵如泥一般，轉眼將車廂分爲兩截。列車長張嘴結舌，曹萬里破口大罵。我看著我們這半節車廂跟他們那邊剩下來的所有車廂逐漸分開，斷口處在地面上濺出耀眼火花，嘴角忍不住露出一絲微笑。接著我轉過身去，一腳踹開駕駛艙車門，對著裡頭的副車長道：「現在是劫車。你下不下車？」

副車長神情堅定，正待搖頭，突然發現門外大放光明，強風猛灌，第一節車廂竟已分成兩半。這一驚，不得了，端得是魂不附體。我走入駕駛艙，一把抓起他的衣領，回到車廂之中。這時車廂兩邊已經相距有十公尺以上。我右手使勁，將副車長憑空拋出，嚇得他哇哇大叫，屁滾尿流。曹萬里跑過去將他接了下來，放在列車長身旁。我笑盈盈地看著他，待兩車相距一百公尺以上，才將乾坤圈當作飛盤一般擲出，遠遠還給曹萬里。

「暫時應該不會有人追來了。」我說著牽起雙燕，走入駕駛艙，使蠻力關上扭曲不堪的艙門，藉以阻隔風勢與噪音。我揚起眉毛，看著極其複雜的儀表板，試圖搞清楚高鐵的基本操作。雙燕看了看我，又看了看窗外迅速飛逝的景色，皺起眉頭，評論道：「劫高鐵好像不太明智呀？又不是說高鐵可以前往鐵軌沒有到達的地方……」

我微笑不答，坐在駕駛座上繼續研究。其實我不知道該怎麼回答，天知道高鐵是不是真的能把我帶到鐵軌沒有到達的地方？

她又等待了片刻，眼見地平線上已經出現一座類似高鐵站的建築，終於問道：「我們要去哪裡？」

「左營。」我答。

「前面就是左營站了……」她語氣微微遲疑。「是不是該開始減速？」

我搖頭。「我們不停左營站。」

她喔了一聲，不再說什麼。片刻之後，我們以極不安全的速度衝過高鐵站。我抓起握桿，一推到底，列車隨即加速，車身劇震，慢慢出現金屬脫落的聲音。

「呃……」雙燕有點慌了。「這條鐵路通往何處？我們要去高鐵的維修廠嗎？」說著在副駕駛座上坐好，緊緊繫起安全帶。

「有人告訴我，搭乘高鐵，過左營站不停，以三百公里極速衝出鐵軌盡頭，就可以進入蓬萊仙境，拜見博識眞人。」

這時列車震動劇烈無比，窗外的景象模糊難明，車前隱隱綻放出空氣摩擦的火光，彷彿太空梭進入大氣層。雙燕道：「正常高鐵不會這樣，這速度可不只三百公里呀。爲什麼要突破時空，總要跟速度扯上關係？」

爆裂聲響，雷電交加，我腦中浮現古早電影「回到未來」裡時光機突破時空的畫面。「好像時間、空間跟速度都是相對的樣子，我物理當掉了，搞不清楚這種東西。改天有空可以研究研究。」

轟然一聲巨響，擋風玻璃外的景物突然無限拉長，向前延伸到一個超越視覺範圍的距離外，緊接著一道閃光過後，我們已經進入一片安詳寧靜的奇幻境界。列車震動不再，怒吼消逝，我們平穩地行駛在……蓬萊仙境之中。

我跟雙燕站起身來，湊向前去，一同沉迷於眼前的幻境之中。眼前美景，不光是美不勝收，並且如夢似幻。所謂的如夢似幻，是眞的如夢似幻。前一刻裡，我們還經歷著風光明媚的春季美景，下一刻突然環境一變，一切都彷彿進入水彩畫中。我們目瞪口呆地看著彼此身上的奇妙色塊，不約而同地伸出手指在對方臉上一摸，發現水彩顏料彷彿還未乾透，溼淋淋地染在手指上。我們正要開口評論，列車又經過另一個區域，周遭的顏色隨即變乾變淡，粉嫩清爽，有如置身蠟筆畫中。雙燕面帶微笑，高指窗外天空，我順著她的手勢看去，竟然看見一顆有如棒棒糖般的太陽高掛天際。接著我們兩人跟四周的景物同時失去色彩，成爲擁有簡單線條的漫畫人物。我們轉動四肢，面帶微笑地看著對方身上的線條轉變，心裡都感到說不出的有趣。線條突然轉為綠色，隨即複雜起來，我整個人空空蕩蕩，變成一堆點、線、面的集合體，成為３Ｄ動畫中的建模架框，整個世界彷彿是由３Ｄ軟體架構出來的。

微風輕吹，葉片飛舞，列車的線條開始消失，腳下的地板逐漸浮動。蓬萊仙境終於開始符合名稱的風格，轉變成一幅中國水墨畫作，筆法脫俗，線條蒼勁，鳥語蝶飛，百花爭奇。我跟雙燕大袖飄飄，身上的衣衫化作古人風采，踏著翻滾的雲彩而來，落在一座仙山洞府之前。山洞外有兩扇敞開的大紅門，紅門上掛有牌匾，匾書「博識天軒」。洞門外，小橋流水，仙氣飄飄，一名長鬚長者坐在石桌畔，聞香品茗，和藹可親，笑吟吟地看著我跟雙燕。

「道友請了。」長者道。

我微微一愣，點頭微笑。「請了。」

長者端起茶碗，喝一口茶，嘖嘖兩聲，說道：「山高地遠，逸致閒情，兩位道友風塵僕僕，不知打從哪座名山、哪座洞府而來？」

我張口結舌，不知所對。雙燕拉拉我的衣袖，向前一步，必恭必敬地抱拳行禮，說道：「小妹閒雲野鶴，四海為家，賤名不足掛齒。不過這位道兄大名鼎鼎，乃是陽明山天地大洞

天雲眞人。」

長者微微點頭，說道：「原來是天雲眞人，久仰久仰。」

我臉色一紅，不知道爲什麼，本能就想否認。我道：「不……這……其實我……我是錢……錢……」

長者滿臉笑意地盯著我瞧，說道：「道友說不清楚自己是誰？這倒也有趣。」

我嘆了口氣，實在不知該如何應對。在什麼吸血鬼或是曹萬里面前，我可以面不改色地以天雲眞人自居。但是在這位長者面前，我滿心謙遜，狂態盡斂，說什麼也不敢放肆。「小子慚愧，給眞人笑話了。」

長者搖頭：「道友過謙。人生在世，哪個不是在追求自我？一時說不清楚自己是誰，又不是什麼大不了的事，只要最後能弄明白就好啦。」

「眞人教訓的是。」我低下頭去，虛心請教。「不知道眞人能夠幫我弄明白嗎？」

長者微微一笑，不置可否，轉頭面對雙燕。「佛說眾生平等，道友卻不肯以眞名相告，這不是……看不起老夫嗎？」

雙燕惶恐，連忙道：「不敢，小女姓李名雙燕，眞身乃是一隻……」

長者揮手打斷：「就說眾生平等，你我道友相稱，真身是人是燕，又有何分別？」

「真人教訓的是。」

長者站起身來，自石桌上拿起兩只茶碗，來到我們面前。我跟雙燕隨即伸手接過。長者道：「兩位遠來是客。一碗清茶怠慢，實在不成敬意。老夫恬居蓬萊山博識天軒，世間道友封我一個博識真人的稱號，名不符實，倒也慚愧。兩位不喝茶嗎？」

我跟雙燕連忙打開碗蓋，將茶往嘴裡送。清茶一入喉，登時仙氣緲緲，通體舒暢，一天下來的疲憊與飢渴轉眼消逝，腦中頓時一片清明，目光突然十分透澈。熟悉的感覺襲體而來，滿腦的回憶呼之欲出。我看著茶面上漂浮的茶葉，心下肯定自己曾到過此地，見過眼前的博識真人。

我展顏歡笑，對長者言道：「不知道真人能夠幫我弄明白嗎？」

博識真人會心一笑，說道：「原來道友有所求而來，還請進來說話。」說完帶領我們步入紅門，進入博識天軒。

天軒之中十分樸實，只是座不大不小的山洞，洞內種有一棵梅花樹，樹旁擺著一墫小火慢燉的藥爐，再過去就是一間舒適愜意的小木屋。眞人推開木門，進入小屋。屋內沒有隔間，是一座小廳堂，中央擺有一張木桌、三張木椅。我們三人分賓主坐下，博識眞人隨即泡上茶來。

「道友想問什麼？」眞人問道。

「我想知道我……」我說到一半，突然有所遲疑。我心裡有太多事想問，根本不知從何問起。我想問他我到底是誰，跟他有什麼關係，吳子明有什麼陰謀，這個世界究竟是怎麼回事……我發現他看我的眼神似笑非笑，彷彿是在期待著什麼。或許，他是在等著看我有沒有問對問題？我沉吟片刻，繼續說道：「我想知道莎翁之筆的祕密。」

博識眞人微笑點頭，顯然我問對了問題。「相傳莎翁之筆乃是天雲眞人的隨身法寶，爲什麼眞人會覺得這枝筆中藏有祕密呢？」

「道德天師跟我解釋過，他說那是一枝可以開創世界的筆，任何用莎翁之筆寫下的事都有機會成眞。他說那是一枝有能力影響世間因果的筆。但是他完全沒有提到這枝筆可以創造人物，可以讓一個道法高深的中東人出現在現實世界之中。」我搖搖頭。「我思前想後，只有兩個可能。一個是他刻意隱瞞這個能力；一個是他根本不知道莎翁之筆具有這種能力。不管是哪種可能，所能導引出的眞相都不簡單。」

博識眞人點頭，簡短道：「他不知道。」

我繼續說道：「吳子明取得唐僧肉身之後仍不殺我，顯然另有所圖，想來想去，他能從我這裡圖的東西也只剩下莎翁之筆。這枝筆肯定不像我認知中那麼簡單，根本就是這一連串事情的起源，所以我必須知道，這枝筆究竟有什麼祕密，以及它此刻身處何處。」

「道友，道友……」博識眞人嘆了口氣，喝了口茶，說道：「其實你所有的問題殊途同歸，最後都指向同一個祕密。不管你問了我什麼問題，我講到最後都是同一件事。莎翁之筆的祕密跟你的身分息息相關，知道這個祕密，將會再度徹底顛覆你的身分。」

我苦笑：「我的身分還有顛覆的餘地嗎？我在一天內經歷太多祕密，心智已然堅強無比，不在乎多聽一個祕密。還請眞人賜教。」

「那麼我就開門見山了。」博識眞人正襟危坐，神態認眞。「莎翁之筆有能力開創世界，創造人物；只要有心，隨手揮毫，就算天上要有兩顆太陽，也是舉手之勞。只不過，這一切神乎其技的能力，都只能在這枝筆所創造出來的世界之中發揮。它沒有辦法影響眞實世界。或者說，它所寫下的這些神奇故事，奇幻世界，就是它對眞實世界所造成的影響。」

我聽不明白。「但是……阿齊阿里說他是我……是我用……莎翁之筆……」我越說越是心驚，感覺整張頭皮已經麻木。「眞人是說，莎翁之筆只能影響虛構的世界？」

雙燕兩手一抖，差點將茶碗打翻。

「不錯。能被莎翁之筆影響的世界，絕對不是眞實世界。」

我跟雙燕面面相覷，不敢接著繼續問下去。

博識眞人等待片刻，見我們難以置信，於是說道：「敢問道友，當今台灣總統，叫什麼名字？」

我跟雙燕同時張嘴，卻沒有發聲。因爲我們突然發現，自己竟然不知道總統的名字。

「美國總統呢？中共國家主席？叫什麼名字？」

我心中當然立刻浮現幾個名字，但是那些應該都是十幾年前在位之人的名字，不是現職人員。我怎麼可能不知道這些人？

博識眞人繼續問道：「道友記得捷運內湖線是在民國幾年通車的嗎？總統府是幾年改建的？新光三越A89館又是什麼時候落成？台北二〇二？」

「我不記得，我通通不記得。」我神色茫然地看向雙燕，顯然她也不記得。「爲什麼？

爲什麼我會連台灣總統的名字都不知道？」

「沒有人知道，也不會有人想到要問。因爲你在撰寫這個故事的時候，並沒有作此設定。」博識眞人並不理會我越張越大的嘴巴，繼續說道：「道友將這個故事設定在民國一百一十年，根據現實年代而言，算是一個近未來的故事，十幾年後的故事。這樣的背景可以貼近現實，又可以架空現實，非常適合天地戰警這種都會幻想的風格。事實上，今年不是民國一百一十年；今年是民國九十七年。現實生活裡，捷運內湖線還在永無止盡地蓋，A89館尚未動工，台北二〇二以當今科技來講，根本是不可能的計畫……」他湊近一點，微笑說道：「只有在幻想的世界裡，才會出現這麼高大的建築。」

「虛構的世界？虛構的台灣？」雙燕語氣激動。「怎麼可能？如果這世界是虛構的，那我們……」

博識眞人緩緩搖頭，目光流露出深切的同情。我握了握雙燕的手掌，試圖安撫她的情緒，然後看向博識眞人，說道：「莎翁之筆究竟是什麼？」

「莎翁之筆不是什麼金箍棒轉世，那只是你在這個世界中對它所作的設定而已。」博識眞人停了一下，確定我們大概了解他在說些什麼後，繼續道：「莎士比亞此人，一生頗負神祕色彩。他出生於一五六四年，記錄中他的教育程度不高，讀的是免費學校。他於十八歲時結婚生子，其後有很長一段時間行蹤不明。後世學者將一五八五到一五九二這幾年稱爲行蹤成謎的歲月。關於這段神祕的日子發生了些什麼事，許多學者眾說紛紜，但始終沒有一個定讞。總之，一五九二年他再度出現於倫敦，隨即展開了創作生涯的高峰期。一般相信，他就是在那段行蹤成謎的歲月裡因緣際會取得莎翁之筆，開啓他日後流傳下許多永恆不墜偉大故事的傳奇。是莎翁之筆成就了他的才氣，還是他的才氣成就了莎翁之筆；關於這個問題，幾個世紀下來無人能答。總之，莎翁之筆所開創的眾多世界中，最早可以追溯到的就是莎士比亞的世界。所以我們都相信莎翁之筆確實是莎士比亞流傳下來的寶物。」

「眾多世界？」我問。

「沒錯。」博識眞人道。「幾個世紀以來，莎翁之筆轉手過無數次。只要在莎翁之筆認可的作者手中寫下的故事，就會轉化成一個栩栩如生的筆世界。任何喜好閱讀的人，都曾經感受過筆世界的奇幻魔力。他們覺得自己彷彿置身於作者筆下的世界裡，化身爲生活其中的眞實角色，如夢似幻，難以自拔。有時候，如果讀者入戲夠深，他們的精神眞的會進入筆世界中，以當事人的角度完整體驗書中所描述的世界。對這些人而言，他們感受到了魔法，彷彿作了一場歷歷在目的奇幻夢境。這就是閱讀的魔力；浩瀚書海的魔力；莎翁之筆的魔力。」

我默默消化他的言語，問道：「你剛剛說……這是我設定的世界。」

「是。」博識眞人點頭。「還有一種體驗筆世界的方式，就是像你這種人。」

「我是哪種人？」

「作者。也就是持有莎翁之筆的人。」博識眞人喝口茶，繼續道。「凡是握持莎翁之筆的人，都可以藉由筆本身所蘊含的眞實魔力，以血肉之軀進入虛幻世界，一點一滴地體驗你們的心血結晶。當然，如果你寫的故事架構在一個非常危險的世界裡，這麼做就必須承擔一定的風險。持筆之人進入筆世界時，莎翁之筆的一部分將會化爲象徵性的物品跟著進來。只要你還保有那樣物品，你就隨時擁有離開筆世界的權力。相信道友已經猜到，跟你一起進來的象徵就是天地戰警的莎翁之筆。而顯然，你已經不再保有莎翁之筆了。在故事裡設定一樣跟莎翁之筆本質如此相近的寶物，基本上就是一件非常危險的事。我曾經警告過你，但是你不肯聽。」

我問：「你到底是誰？」

「我是守門員。我是看顧者。我是確保筆世界能夠正常運作的魔術師。當有讀者進入筆世界體驗幻想的時候，不管是以精神層面還是肉體層面，我都會暗中或是擺明地看顧他們。而像天地戰警這麼危險的奇幻世界，我一定會跟每一個想要進入的讀者說明風險，讓他們知道必要時應該如何逃生。我確保每一個進來遊歷的讀者都能夠平安離開，同時也確保不該離開的人物永遠不能離開。」

「不該離開的人物？」我跟雙燕同時問道。

博識眞人點頭，目光飄向雙燕。「也就是作者筆下創造出來的虛構人物。」

我跟雙燕互看一眼，誰也說不出話來。

博識眞人嘆氣。「雙燕姑娘，眞是抱歉。正常而言，虛構人物是不可能知道眞相的。就算有人大聲地將眞相告訴你們，你們心中也會有一種強烈的本能否認這個眞相。但是今天妳跟天雲眞人一起來到這裡，離開了筆世界的規範範圍，所以才能夠得知眞相，並且深信不疑。這件事情解決之後……」

我隱隱覺得這個話題不會讓雙燕高興，於是插嘴問道：「這裡是什麼地方？這個……蓬萊仙境？」

「這裡是後台；是工具室；是準備場。」博識眞人右手輕揮，木屋中的形象隨即變幻。「這裡存有各式各樣的創造風格與素材，隨時可以因應莎翁之筆的魔法，創造出全新的奇幻世界。」

我心念一動，恍然大悟：「所以吳子明知道眞相了？」

雙燕跟博識眞人同時向我看來。雙燕跟我一樣恍然大悟。博識眞人則是點了點頭。「沒錯，他得知了眞相。我不清楚他是如何得知的，顯然筆世界中出現了某種我不了解的變化。有人瞞過我的耳目，進入天地戰警的幻想世界，將祕密告訴吳子明。而吳子明在得知這個祕密之後，立刻開始處心積慮地計畫……不該計畫的事。一開始，由於他掩飾妥當，所以我並沒有察覺他的轉變。後來徵兆逐漸浮現，我開始發現不對勁時，天雲眞人卻已經遭到毒手，失去記憶，變成不問世事的錢曉書。要知道，莎翁之筆的魔力本質上就是玩弄精神層面的魔法；在筆的象徵下落不明，你的記憶又紊亂不堪的情況下，我完全不敢輕舉妄動。萬一出了什麼差錯，你很可能將永遠無法回歸眞實世界，或是回歸之後卻出現精神失常之類的狀況。我不能冒險。」

「我一直在等你恢復記憶。幸虧你沒有令我失望，在記憶被奪之前已經留下伏筆，創造出阿齊阿里此人，將你引領到我的面前。」他說完，又幫我跟雙燕各斟一碗茶，讓我們安靜喝茶，沉澱思緒。

「那麼……」我放下茶杯。「吳子明這麼做，究竟是爲了什麼。」

「就跟所有具有野心的人一樣，他不滿現狀。」博識眞人搖頭嘆息。「他想要離開筆世界。他不甘身爲一個虛構人物。他想要進入眞實世界，成爲一個眞實的人。」

「他辦得到嗎？」

「很難。但未必是不可能的事。」博識眞人神色凝重。「想要離開，首先他必須過我這關；其次，他必須取得虛幻與現實之間的連結，也就是莎翁之筆的象徵；最後，他必須在眞實世界擁有物理空間，佔有一席之地。要達到這個目的，他就必須在進入眞實世界的同時除掉一名眞實存在之人。也就是說，他必須在筆世界裡殺害你，然後透過莎翁之筆進入眞實世界。他已經取得唐僧之心，大幅強化自己的道行，力量逼近我，但還沒有超越我。此刻你我站在同一陣線，照理說他不會有機會過我這關。爲了避免夜長夢多，我們最好趕快找出莎翁之筆的象徵，送你離開，如此才是一勞永逸的辦法。等你回歸眞實世界之後，就要立刻拿出莎翁之筆，在小說裡面刪除吳子明這個角色。不然的話，天下就亂了。」

我長長吁了一口氣，問道：「你知道莎翁之筆在哪裡？」

博識眞人搖頭：「我不知道。只有你知道。」

「但是我抹除了那段記憶？」我語氣遲疑。

「你將那段記憶封印，自腦中取出，放在高鐵上，送到我這裡來。」他站起身來，走到客廳後方，出手在牆板上一頂，推開一道暗門。門後一片漆黑，完全看不出任何輪廓。「記憶就在這裡，你必須親自進去取回。」

我看著門後不自然的黑暗，心中浮現一股不祥的預感。那裡面是我遺失的自我，殘缺的本能，爲什我會有一種不敢取回的感覺呢？我將茶杯裡的茶一飲而盡，拍拍雙燕的手掌，說道：「在這裡等我。」說完緩緩起身，走到暗門前，對博識眞人點了點頭，又轉身向雙燕道：「我去去就回。」然後深吸一口氣，踏入黑暗之中。

博識眞人手掌離開牆板，暗門無聲地在我身後關起。我眼中再也看不見任何光芒。

ch.13 天雲真人

黑暗之中，什麼也沒發生。我輕聲呼吸，張大眼睛盡力適應黑暗，但是在完全漆黑的環境之中，眼睛睜再大也沒用。我側耳傾聽，了無動靜，不知該如何出聲招呼，於是心裡開始胡思亂想。

如果不是博識眞人瘋了，那一定是我瘋了才會相信他的鬼話。我活了一輩子的地方，竟是一個虛構的世界？誰會相信？誰會接受？誰會那麼白癡？

嘖！看來我會。因爲不相信他，我心中有很多謎團；相信了他，這些謎團都有合理的解釋（勉強合理）。再說住在這樣一個奇幻無比的世外桃源裡的脫俗高人，有什麼理由拿筆世界這種鬼話來騙我？

我嘆了口氣，搖了搖頭，心想到了這個地步，也只能走一步算一步。我雙掌蓋眼，凝聚道法，眼珠隨即綻放金光，終於隱約看出黑暗中的輪廓，只不過這裡面還是一個山洞，沒有多少看頭。我張口叫道：「回憶？有沒有回憶在呀？」

左邊突然傳來一陣騷動，似乎有什麼東西迅速衝過。我立刻轉身，眼角撇見一團陰影，卻沒能跟上對方的速度。黑暗中，一股渾厚的低吼聲傳來，彷彿藏有猛獸，蠢蠢欲動。我暗自吞了一口口水，問道：「回憶？是你嗎？」

「你是誰？」黑暗中的聲音問道。那股聲音十分低沉恐怖，完全不像出於人口。

「我是……陳天雲。」我答道。

「誰？」

我不知道它故弄什麼玄虛，於是大聲說道：「我就是你。」

黑暗中的怪物道：「不，你不可能是我。如果你是我，那我是什麼？」

這話很難回答，於是我選擇不答。「如果你說你不是我，那麼請問你是誰？」

「我？」對方聲音裡隱隱發笑。「我就是大名鼎鼎，陽明山天地大洞的天雲眞人。」

我兩手一攤。「是吧，你是天雲眞人，我是陳天雲。我們根本是同一個人。」

「我天雲眞人誰人不知，哪家不曉；你這無名小卒，怎麼會跟我是同一個人？」

我道：「你是我的回憶。」

「是嗎？」它這句問話並不大聲，但是聽起來似乎比之前發聲的位置要接近許多。我正打算反應，突然覺得勁風撲面，一隻冰冷的手掌已經緊緊抓住我的脖子。對方一張漆黑的大臉湊到我的面前，神情猙獰，眼冒幽光。「我好手好腳，眼明耳通，怎麼會是任何人的回憶？」

我氣息不順，伸手抓住它的手腕，但是它一條手臂硬如堅冰，根本抓不動。我掙扎兩下，不再掙扎，說道：「你想怎麼樣？」

對方冷笑一聲：「你說我是你的回憶，無非就是想要收了我。照我說嘛，你硬要說你就是我，行；那我也可以說你是我的回憶。」它繼續獰笑，繼續貼向前來，嘴中哈出的氣息在我臉上結成一條條的冰霜。「讓我收了你吧。你不要去當什麼錢曉書了；還是讓我來當我的天雲眞人吧。收了你，我就可以離開這個黑暗的鬼地方，富貴榮華，遨遊四方。你說，好不好哇？」

我手中噴出烈焰，焚燒對方手臂，但是對方始終無動於衷。我的氣息越來越窒礙，呼吸越來越困難，急道：「你是我的回憶，哪有喧賓奪主的道理？」

對方五指一緊，語氣凶狠。「我是你的回憶，豈有隨意拋棄的道理？」它手向上一挺，將我整個人舉起，轉個方向，狠狠撞到牆上。「你的一生都是由回憶組成，少了一段回憶，你還算是完整的人嗎？大丈夫敢做敢當！遇到一點不順遂就拋棄回憶、就想忘記，這算什麼？」

「我……」我幾欲窒息，火氣大盛，將回憶整個籠罩在火焰之中，但是它還是沒有半點退縮。「我不是因爲不順遂……」

「狡辯！」回憶大怒。「你拋開不愉快的回憶，跑去風流快活，有沒有想過被你拋開的回憶有多落寞？有多殘缺？你不完整，回憶更不完整！光靠忘記能解決什麼事情？」

「你誤會啦，其實我……」

回憶大叫：「我沒有誤會！」

我咬牙切齒，眼冒金星。「不……不然……你把莎翁之筆的下落告訴我……」

「你現在想到要來利用我了？利用完了呢？撒手不管嗎？」回憶黑氣四濺，即使透過滿身火焰，我依然可以感到自它體內傳來的那股寒意。「三年了！我現在就讓你嚐嚐三年的殘缺有多淒涼！」

我倆同聲大叫，火氣跟黑氣充斥整座石洞，有如冷熱兩股強烈的風暴席捲斗室之中。我的腦中風起雲湧，思緒飛奔，彷彿在尋找一個宣洩的出口，就要離我而去，前往加入逝去的回憶一般。我慌了。我害怕自己當眞成爲天雲眞人的回憶，被它收服，從此吃香喝辣，再也做不回自己。我深入內心，尋找體內所有可用的力量，拚盡全力奮力一搏。就在此時，回憶的目光有如兩把冰刀插入我的雙眼，竄入我的腦中。我魂不附體，驚聲尖叫，就聽見轟然一聲巨響，一切歸於寧靜。

黑暗中，地上逐漸浮現光芒。脖子上的手掌緩緩鬆脫，回憶的寒氣慢慢收斂。我雙腳著地，站穩腳步，順著回憶的視線，一起轉頭看向腳邊的光源。

那是一棵綻放著四粒光球的小樹。

回憶面色祥和，戾氣全消，在小樹前半跪而下，沐浴在生命的光芒之中。過了一會兒，開口說道：「好溫暖。」

我放下搓揉脖子的手掌，說道：「這是生命之樹。」

回憶點點頭。「很熟悉，但又很陌生。我曾經感受過，卻又不曾眞正接觸。」

「這是存在於萬物之中的原始力量。我昨天晚上才領悟出來的。」

回憶在樹旁坐下，轉頭對我道：「你打算用這股力量收我？」

我想了想，點點頭：「如果你願意回來的話。」

「哎……」回憶長嘆一聲，說道：「你知道，過去總會在意想不到的時候反咬你一口。如果你連過去都不記得的話，很可能會連怎麼死的都不知道。」

我愣了愣，說道：「我不太明白你說什麼。」

「我也不明白。」回憶道。「因爲有好多事我不記得。收了我，你可以拿回陳天雲的一生。但是在成爲陳天雲之前，我一無所知。你追求自我的旅途，只怕還很漫長。」

「人生在世，哪個不是在追求自我？」我引用博識眞人的話。「讓我們一同繼續追求自我的旅程？」

回憶看著小樹，若有所思，不再言語。

過了一會兒，它伸手觸摸樹上光球，身形逐漸透明，最後跟生命之樹一同消失不見。那一瞬間，我感到體內浮現了一股完整的力量，彌補了打從事件開始就一直在我心中纏繞不去的空虛感。我取回了天雲眞人的所有力量，又藉著這股力量突破塵封的記憶，找回遺失已久的自我。陳天雲跟錢曉書的記憶同時存在於我的腦中，不過我卻可以很清楚地分辨兩者之間的不同。這兩個身分都是我，同時也都不是我。回憶說得沒錯，我只尋回了陳天雲，對於成爲陳天雲之前的經歷沒有任何印象。不過我知道，那段記憶被我封印在莎翁之筆之中。找回莎翁之筆，我才能找回眞正的自我。

幸虧我已經得知莎翁之筆的下落。

石室不再漆黑，祥光處處湧現，花草破石而出，一片欣欣向榮。我心神愉快，感覺一切都將開始好轉。我聞著花香，聽著鳥語，面帶微笑推開密門，回到博識天軒。只可惜一踏入木屋中，好心情立刻蕩然無存。屋內依然瀰漫著淡淡茶香跟藥味，但卻多了一陣風雨欲來的肅殺氣息。雙燕正坐入定，顯然在出神監視洞外景況。博識眞人輕啜香茶，對我點頭微笑，說道：「今日熱鬧，又有稀客。」

雙燕張開雙眼，通往外洞的木門同時被人打開。一人黑衣黑褲，勁裝緊身，神色囂張，氣勢霸道，跟之前完全判若兩人，正是打從天地大洞而來的子明眞人。他進門後，環顧四周，哈哈大笑，志得意滿之情形於色。

「花了這麼大的工夫，總算沒有白費呀！」

聽了一個晚上天雲眞人多大的名頭，果然眞的名不虛傳。我只覺得滿腦理智，思緒清明，隨即想明白了前因後果。「你！你故意誘我出關，讓我跟阿齊阿里見面，一切一切，就是爲了查出博識眞人的下落？」

吳子明滿臉笑意。「一點也沒錯。要找出博識眞人，只能從你身上著手。這步棋，早在三年前安排奪你記憶時就已經布好了。你會爲了留下後路而創造人物來引導自己也早在我的意料之中，只不過阿齊阿里城府甚深，足足潛伏三年才讓我查出身分。但是一旦查出了身分，要用綑仙索來引他交易就是小事一樁了。錢先生，你的一生都被我玩弄在股掌之中。在我面前，你根本一點機會也沒有。哈哈哈哈……」

我正要反唇相譏，卻聽見博識眞人開口說話：「道友好狂妄的口氣。不知在老夫面前，你又有多少機會？」

吳子明冷笑一聲：「我一輩子都聽說你博識眞人神通廣大。後來才知道，你也不過是一條看門狗。狗怎麼能跟人比？」

「吳子明！」我大怒。「你不要太囂張了！」

博識眞人放下茶碗，站起身來，理理身上的長袍，好整以暇地說道：「天雲道友不必動怒。今日狂徒既然欺上門來，老夫也不能繼續受人打壓。兩位寬坐，且看老夫這麼大名號，手底下到底有沒有眞功夫，可不可以打發跳樑小丑。」

博識眞人話一說完，整個人氣勢湧現，端得是恢弘無匹。我取回記憶之後，自覺道力大增，此刻見到博識眞人的一派正氣，才知道人外有人，天外有天。吳子明也不簡單，身體紋風不動，臉上沒有絲毫懼色。

「老匹夫，這些年來我夙夜匪懈，斬妖除魔，拯救台灣大小危難無數，可不像你這般躲在深山龜縮不出。誰是跳樑小丑，不是你一句話可以定讞。」說完雙掌一翻，比出劍訣，斗室中劍氣滿盈，牆上裂出無數劍痕。

博識眞人雙掌平舉，大袖飄飄。「人生在世，各守其份。你不安分守己，只想強取不屬於自己的東西，不管功勞再大，都是邪魔歪道。」

吳子明哈哈大笑。「廢話！手底下見眞章吧！」說完十指大開，化作十把銳利長劍，對著博識眞人殺去。博識眞人雙袖揮舞，一招就將眼花撩亂的十劍收去，掌風赫赫，跟吳子明四掌相對，爆出兩下震耳欲聾的巨響。就在此時，博識眞人突然大叫一聲，胸口噴出鮮血，突出一把利刃。我大吃一驚，轉頭一看，出劍之人竟然就是雙燕。博識眞人背後一挺，雙燕立即向後飛出，撞在木牆上，身體軟癱而下。我眼看博識眞人岔了氣息，繼續對掌只怕立刻就要命喪黃泉，於是大吼一聲，朝吳子明衝去。吳子明微微冷笑，迴過一掌跟我正面硬拚。

我只覺他掌心之中一股大力有如排山倒海而來，身體隨即飄入空中，有如斷線風箏般摔到雙燕身旁。吳子明抽回右掌，正要繼續力拚博識眞人，卻在突然間動彈不得。吳子明大駭，加攉左手掌力想要牽制博識眞人，卻見對方左掌緩緩揮入自己胸口之中，接著向外一拔，當場拔出一枝錦緞包覆的小旗子。博識眞人掌力一吐，兩人同時後退三步，接著一起坐倒在地。

前後不過十秒光景，四個人全都躺在地上，一時之間誰也爬不起來。

我轉頭看向雙燕，發現她滿臉懊悔羞愧，雙眼盈滿淚光，腦後一條銀色絲線，沉入虛空之中。我心中激動，喘息不已，原來千錯萬錯，到頭來還是我錯信於人。我賭上自己的性命相信雙燕，卻沒想到連帶賭上博識眞人的性命。我好想大叫，卻叫不出聲。我嘆氣。

片刻之後，吳子明跟博識眞人同時吐出一口鮮血。博識眞人一面調息，一面說道：「老夫枉稱博識，到頭來還是遭人欺瞞，以爲雙燕姑娘從來沒有受你控制，就表示她當眞不會受你控制。子明眞人，厲害厲害。」

吳子明伸手擦拭嘴角鮮血，笑道：「我故意挾持她的姊姊，就是要她以爲自己能夠不受招妖幡控制。若不是這樣，又怎麼騙得過你們？這妖孽，要不是有利用價値，我老早把她收了。你以爲她一派清純？當年她還想色誘於我！要不是我把持得住，坐懷不亂，只怕早已身敗名裂。」

我聞言大怒，拚著氣息不順也忍不住叫道：「當年雙燕對你一片眞心，你竟然如此作賤於她！」

雙燕虛弱不堪，說不出話，兩行清淚不斷滴落。

吳子明「哼」的一聲：「妖孽也配談我眞心？」他凝神聚氣，站起身來，對著雙燕的方向大聲道：「雙燕，別說我不念舊情，今天就來告訴妳一個妳一生都在追求的答案。妳倒是猜猜，當年斬殺妳姊姊，救活妳性命，教妳道法，助妳修煉的救命恩人究竟是誰？」他說著哈哈大笑，指向博識眞人：「就是這位讓妳親手殺害的老不死呀，哈哈哈哈……老不死，當年救這妖孽，可想到有今天？」

雙燕哽咽一聲，幾乎當場就要暈過去。

博識眞人長嘆一聲，揚起手臂，輕輕一抖，將自吳子明體內強扯出來的招妖幡抖成碎片。「子明眞人，世間因果，都有報應。你出來跑，總是要還的。今天我救不了自己，好歹也毀了這幡，讓雙燕姑娘從此不受宵小威脅。如此，也不枉了。」

我眼看博識眞人身上的劍，後背進，前胸出，身上的白袍一片血紅，再也找不出絲毫白色之處。四人之中，他道行最高，同時也受傷最重，此刻已如風中殘燭，隨時都能斃命。雙燕受傷並不致命，但是一來意志消沉，二來道行不足，眼下絕對不能仰賴於她。我深吸一口氣，勉強站起身來。適才打鬥，不過一招之間我就已經敗在吳子明手上，顯然唐僧之心威力無窮。不過如果他受傷夠重，或許我還保有些許勝算也未可知。

時間，我必須拖延時間……

「不要浪費時間了。」吳子明冷笑。「老匹夫命不久矣，逼你說出莎翁之筆的下落也是遲早的事。我的計畫就要實現，再也沒有人可以阻止我了！」說完對準博識眞人比出劍指，一道劍氣逐漸凝聚。

我連忙運氣，拚了命也要捍衛博識眞人，想不到一心急，岔了氣，雙腳一陣麻痹，當場再度倒下。眼看劍氣呼之欲出，我忍不住閉上雙眼，偏過頭去。然而就在此時，斗室之間天搖地動，地面突然裂出巨大裂痕，將我們跟吳子明分隔開來。吳子明一愣，立刻運指成掌，防止敵人偷襲。接著又是一陣天搖地動，地板上的裂痕突然一空，四周大放光明，勁風撲面，吳子明所在的半間木屋以及博識天軒半座洞府已經離地而起，向西方衝出，轉眼間化爲天邊的一顆小黑點，隨即不知去向。

遠方一條身影踏雲而來，笑容可掬，仙氣飄飄，手持一把大蒲扇，笑聲之中透露玩世不恭的氣息，正是外雙溪道德洞的道德天師。

我喜形於色，對著天師揮手。「張天師，你來救命啦！」

道德天師落在剩下的半座木屋內，笑道：「當然。要不錢老闆沒命了，我逸仙直銷找誰接手？」他在博識眞人身邊蹲下，察看眞人傷勢，接著搖了搖頭，直言不諱：「好久不見，博識老兒，只可惜你這回死定了。」

博識眞人勉強一笑：「眞相我都已經告訴天雲道友，接下來該怎麼做，就請道友多擔待。」道德天師在他肩膀上拍了拍：「放心，懲奸除惡乃是我輩份所應爲，老道絕對義不容辭。」

博識眞人點了點頭，又道：「雙燕姑娘。」

我扶起雙燕，來到博識眞人面前。雙燕跪倒在地，眼淚直流，嘴中不斷重複：「對不起，對不起……」

博識眞人輕撫她的長髮，臉上無限愛憐。「當初救妳性命，是我此生做過最有意義的事。妳千萬不要把我的死放在心上，知道嗎？」

雙燕泣不成聲。「我……我……我……」

「幫助天雲道友尋回莎翁之筆。妳要是能做到這一點，就是報答了我的恩情。好嗎？」

雙燕依然說不出話，只能用力點頭。

博識眞人嘴角含笑，雙目微闔，就此死去。

我看著博識眞人的屍體發愣，道德天師扯了扯我的衣袖。我回過神來，問道：「你把吳子明吹到天邊？那是什麼法寶？」

「芭蕉扇。」

「吳子明去哪了？」

「十萬八千里外。」道德天師使個眼色，跟我一人一邊扶起雙燕。「以他如今道行，很快就會回來。我們必須立刻離開。」

我將雙燕擁入懷中，問道：「他來了，再把他吹跑不就得了？」

道德天師收起芭蕉扇，自袖口取出拂塵。「一來我不喜歡故技重施，會讓人說我沒有新意；二來他很可能先回總部取得定風珠，專剋芭蕉扇。」

「那我們要去哪裡？」

道德天師哈哈一笑：「放心，他可以拿法寶，我們的法寶也不少。走吧。」說完拂塵一揮，煙霧瀰漫，轉眼間我們已經離開蓬萊仙境。

煙霧散去後，我跟雙燕以及道德天師出現在一片山林之中。我扶著雙燕坐在一顆大石上休息。眼看道德天師席地而坐，我問道：「這裡是哪裡？」

「中繼站。」天師道。「吳子明會動用天地戰警的資源，追蹤我的回歸術，所以我多設了幾個回歸點，藉以混淆視聽，隱藏行蹤。這樣雖然會慢一點，總比被他找到要好。」

「你早就知道吳子明有問題？」

道德天師搖頭。「我只是懷疑他有私心，卻沒想到他會是這樣一個大魔頭。但是昨天晚上，一切都明朗了。知道你身分的人只有我跟他，能把你賣給中東人的也只有我跟他。既然不是我賣的，當然就是他了。我在跟中東人鬥法時，已經看出對方修行正派，其中必有隱情，所以才假裝重傷，藉療傷之便，退居幕後，暗中查訪。後來吳子明怎麼跟蹤你，我就怎麼跟蹤他。」他停了一下，看著我問道：「究竟是怎麼回事？他爲什麼要殺博識眞人？這一切究竟有什麼陰謀？」

「說來話長，只怕你不相信。」

道德天師站起身來：「那就先換個地方再說。」

如此我們邊傳邊談，一共傳了七個地方，終於前因後果交代完畢。最後我們出現在一間小倉庫，裡面堆滿了各式各樣的紙箱雜物。

「我不相信你的話。」道德天師評論道。

我皺起眉頭。「博識眞人說過，這裡的人就算聽到眞相也絕對不會相信。」

「嗯。」道德天師點頭。「相信他口中的莎翁之筆就等於是否定我們一生中的一切，而我這一生已經活了快兩千年，怎麼能夠是假的？不過不用害怕，我雖然不相信你的話，但是我相信你，而且我相信吳子明是一定要被阻止的。」

我感動：「天師果然豁達。」

道德天師笑道：「別忙著拍馬屁。你尋回了記憶，知道莎翁之筆的下落了嗎？」

「知道了。」我道。「一直都放在天地戰警總部，陳天雲的辦公室裡。」

道德天師臉色一沉。「要潛入天地戰警？你也太會藏了吧？不搞得刺激一點你不高興還是怎麼樣？」

「最危險的地方就是最安全的地方。」我搖頭。「我當初逃亡前已經在辦公室外布下金光陣。三年來，不知道被破了沒有？」

「破是沒破，不過我們曾經利用各種手法探查辦公室，並沒有在裡面找到莎翁之筆。」道德天師道。「但是吳子明取得唐僧之心，道力大增，要破金光陣只怕不是難事。」

「時間不多，我們要趁他還沒想到之前趕快潛入。你不是說要去拿法寶嗎？」

道德天師說：「對呀，法寶就在這裡。」

我看了看倉庫內的雜物，問道：「我以爲我們要去故宮法寶庫？」

「太明顯了，吳子明一定會派人在那邊等我們。況且那裡好用的法寶都被人拿去用了。」天師說著從架上拿下一個大紙箱。「用這裡的法寶也一樣。」

我面露懼色：「這裡是哪裡？」

「明知故問。」天師得意地道。「當然是逸仙直銷的囤貨倉庫呀。」

我認命，只好站在他身後看著紙箱裡的東西。果不其然，他又拿了兩個i-pod出來。

「來，一人一個三身符。有三符，好舒服。」

我伸手接過，一看雙燕還在失神，於是將我手中的三身符塞到她的手上。

「雙燕？雙燕？」我道。「妳還在想博識眞人？」

雙燕默默搖頭，但是神色依究黯然。

「聽我說。妳眞的沒有必要想那麼多。」我道。「只要莎翁之筆眞的具有他所說的那種能力，那我當然可以利用莎翁之筆讓他復活，不是嗎？」

雙燕看向我，眼中燃起一絲希望之光，接著又低下頭去。「但是那也就表示你我……不是同一個世界的人。」

我心中一痛，不過臉上不動聲色，微笑說道：「傻瓜，現在想這個做什麼？先解決掉吳子明的事情，不然我們根本不用擔心那些。」

雙燕搖頭。「我大概可以了解吳子明的心態。他一生斬妖除魔，維持正義公理，結果卻發現這一切都只是虛幻的夢境，都只是供人娛樂的幻想世界。一夕之間，世界變了，一輩子的努力都失去意義。他出生入死，爲了什麼？眞的拯救到任何人了嗎？」

我一時不知如何回答，卻聽道德天師道：「妳認爲妳的一生只是夢境，沒有意義嗎？」

我跟雙燕同時朝他看去。「如果妳真的這麼認為，那妳會得憂鬱症的。雙燕姑娘，妳生在這裡，長在這裡，誰能夠告訴妳這裡不是妳的世界？誰能夠告訴妳妳並非真實存在？誰能夠決定妳的一生有沒有意義？」他嘆了口氣，繼續道：「博識真人說，救妳性命，就是他這輩子做過最有意義的事。難道妳認為，他並沒有真的拯救妳？他的一生竟然沒有任何意義嗎？」

「我……」雙燕答不出來。

「我說妳是在鑽牛角尖呀。」道德天師佯怒。「如果妳真的認為自己的一生沒有意義，何不積極一點，趁妳還年輕，再去做點有意義的事？比方說幫博識真人報仇；幫助錢曉書回到屬於他自己的地方；或是幫我推廣逸仙直銷？」

雙燕緩緩點頭，收下三身符。

道德天師微笑：「妳再想一想吧。」然後跟我勾肩搭背。「吶，本來呢，我是打算好像諜報電影裡面一樣為你提供很多實用的小道具。不過講真的，錢先生法力高強，變化多端，我這裡的東西對你而言實用的並不多。不如這樣吧……」他將紙箱一翻，裡面的東西在我面前排成一列。「這裡的東西，你自己挑選一樣帶去好了。」

我法眼一看，想都不想，抓起一把斑剝不堪的桃木劍。「就是它了。」

道德天師哈哈大笑。「好。這把劍跟隨老道千百年，斬妖除魔永不墜，雖然沒有響亮的名頭，依然是千錘百鍊的好傢伙。你帶去，可別墜了我張天師的威名。」

我反手握劍，收入袖口之中。「天師放心。」

道德天師又到另一口紙箱中拿出一個盒子，自裡面取出幾顆耳塞型對講機。「科技始終來自於人性。一人一顆，大家保持聯絡。」說著在地上劃下一道圓圈，叫我跟雙燕站進去。「時間不多，我們就此別過。」

天師身後傳來一陣機械運轉聲，顯然倉庫大門正在開啓。透過空氣中熟悉的道法氣息，我知道吳子明已經找上門來。一看道德天師舉起拂塵就要將我們送走，我連忙說道：「天師不可逞強，跟我們一起走哇！」

道德天師笑道：「我可以爭取時間，你們就把握著吧。時間不多了，且看老道這麼大名號，手底下到底有沒有眞功夫，可不可以打發跳樑小丑。」說完拂塵揮落，煙霧四起。朦朧中，我跟雙燕看到吳子明搶入倉庫，妖氣四射，對著道德天師直撲而上。道德天師微微一笑，轉身迎上前去。

然後我們就消失了。

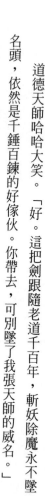

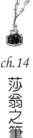

ch.14 莎翁之筆

煙消雲散後，我們出現在一間小小的套房裡。套房陰暗，年久失修，床邊放有一張小書桌，桌上擺了一台筆記型電腦。紗窗外鳥語花香，不過空氣中瀰漫著一股濃厚的硫磺氣息。我看了看窗外，發現有三兩遊客漫步賞花。我走到套房前廳，微微打開門縫，確定門外沒有可疑人物。

我跟雙燕都很清楚此刻我們身處何處。這裡是青邨，位於陽明山中山樓外圍的營區。之前中山樓還有開國民大會的時候，這裡曾有部隊駐守。後來廢除國代，青邨營區就裁員裁到只剩下基本兵力，專門負責營區整潔。由於青邨營區位於陽明山溫泉區，所以這個閒置營區順理成章地就成爲高階將領的渡假勝地。其後國防部曾經計畫配合教育部將中山樓及青邨營區釋商，交由民間經營管理，但是由於此地佔地廣大，又有溫泉，一坪一個月竟然才租七十元台幣，引發當時在野黨立委強力批評，於是國防部只好趕快改口說不釋商了。後來中山樓開放民眾參觀，青邨也就成爲一座大型停車場。其中的木屋跟溫泉一直拖了好多年都沒有眞正改建成足以引發商機的旅遊勝地。一方面是因爲此地的定位跟定價都有點敏感，另一方面也是因爲天地戰警一直從中作梗的緣故。

是的，走入青邨營區，越過大停車場，路過牛奶湖，穿過百壽橋，走過「大道之行」、「天下爲公」的牌匾，你就會看見莊嚴肅穆的中山樓。進入中山樓，跟大廳的國父銅像行過禮後，來到當年國大代表開會的文化堂。上了大講台，跟國父遺像點點頭，自講台右方步入後台，你就會來到一台毫不起眼的電梯前。這台電梯只會通往一個地方，那就是位於地下七樓的天地戰警總部。中山樓是全世界唯一蓋在硫磺口上的建築物，天地戰警總部藉由硫磺之便，掩飾自己的行蹤，至今只有極少數的妖魔鬼怪曾經發現它的確實位置。至於它是怎麼蓋的，我想，大概就跟博識眞人口中的台北二〇一二一樣，根本就不可能蓋出來吧。

道德天師單挑吳子明，爲我們爭取時間。不是我要長他人志氣，但是根據之前經驗，只怕道德天師爭取不了多少時間。幸虧天師老謀深算，一切都已安排妥當，我跟雙燕一看周遭環境，立刻了解他的安排。

我倆相視點頭，同時將耳麥塞入右耳。她走到書桌前坐下，開始操作電腦。我來到她的身邊，在她額頭上輕輕一吻。

「快去吧，我等你。」雙燕說。

我打開房門，假扮遊客走了出去。在確定附近沒有其他人後，我立刻加快腳步奔向中山樓。沒過幾秒，耳朵傳來雙燕的聲音。

「測試，一二三。」

「收訊良好。」我穿越樹林，路過一棵不知道叫夫妻樹還是情人樹的浪漫樹，跟在樹下排隊拍照的情侶點頭微笑，繼續向中山樓前進。「登入天地戰警內部系統了嗎？」

「我跟道德天師的帳號都被封了，需要幾分鐘時間破解。」

「試試這個：帳號，莎士比亞；密碼，鵝毛筆。」

「進去了。這是誰的帳號？」

「我當年留下的後門。爲了專門應付這種遭受奸人所害的狀況。」

「你們每個人都讓我覺得天地戰警好黑暗。」

「幹這行總會有點疑神疑鬼。」我爬上台階，站在「天下爲公」匾額後方，看著中山樓正門前的空地。「進入安全系統了嗎？」

「進去了。」

「門口有一台具有照妖功能的監視器，關機五秒。」

「準備……關機。」

我離開山門，衝入空地，以正常人眨眼間的速度進入中山樓。

「開機。」雙燕道。「好快，他們已經開始探測外來入侵了。」

「例行公事，不用理會。」我再度假裝遊客，繞過國父銅像，朝文化堂走去。「監視器短時間內出錯三次他們才會認真開始調查。」

我從後方入口進入文化堂，裡面大概有二十名遊客在大過國代癮。我挑選一個角落位置坐下，暗中觀察數秒，說道：「有四個便衣警衛混在遊客裡面。我需要一點騷動。」

「關燈行嗎？」

「不太好，跟關監視器的時間太過接近。」

「那我讓我姊去嚇人。準備好……上！」

門外走廊上突然傳來女人的尖叫聲，吸引了所有遊客的目光。我趁警衛分心之際，有如一陣清風般竄上講台，奔入後台。後台電梯旁坐著一名制服守衛，我將三身符轉到定身符，手指一比，叫了聲「定」，守衛當場不得動彈。我抓起守衛，在電梯旁的面板上驗過虹膜跟掌紋，開啓電梯，又將警衛端端正正地放回椅子上坐好。

「好了，進入電梯之後，就屬於內部安全系統範圍，他們的監視就嚴密多了。我要啓用隱身符，讓妳姊姊跟緊一點。」

「隱身符沒問題嗎？」

「試試不就知道了？」我轉到隱身符，按下啓動鈕，進入電梯。「監視器上看得到我嗎？」

「看不到。」

電梯門關閉，電梯隨即自動下降。「一般監視器破不了隱身符，但是有些重要地點設有照妖監視器就比較麻煩。天地戰警的人員道行不一，有些可以看破，有些看不破；爲防萬一，盡量避開生人。」

進入天地戰警總部後，我就在雙燕的引導下避開往來人員，迅速接近陳天雲的辦公室。但是兩分鐘後，我們發現守衛越來越嚴密，照妖監視器也越來越多，顯然吳子明加強了警戒層級。我自三名警衛身後退開，來到一個無人的角落，低聲說道：「要溜進去不太容易。」

「慢慢等，總會有機會。」

「沒有時間耗了。或許應該趁吳子明還沒回來之前大鬧一場。」

「這樣好嗎？」

「似乎不好。幫我查一下拘留室裡收了些什麼人？」

「等等。」雙燕操作電腦。「三號拘留室裡有人……嗯？你會喜歡這個的，被羈押的是曹萬里。」

我開始往三號拘留室過去。「他犯了什麼罪？」

「頂撞上司，蓄意窩藏逃犯行蹤，顯然他回來後跟吳子明吵了一架。對了，天地戰警內部備忘錄再度將你提升為一級通緝犯，不單是陳天雲，連錢曉書都上榜了。」

「這麼說他應該不介意幫我們引發騷動。」我站在三號拘留室外，說道：「幫我開鎖。」

卡片鎖上的綠燈一亮，拘留室外門應聲而開。我解除隱身符，啓動定身符，開門進入拘留外室，出手定住守衛。我站在單面玻璃後方，看著被銬在拘留室內的曹萬里。

「天師的三身符什麼都好，缺點就是不能同時啓用兩種功能。」曹萬里形容憔悴，兩眼無神，看來竟是遭受藥物折磨。「吳子明根本沒有逼問他任何事情。他只是要讓他閉嘴。」我拔下守衛身上的卡片，刷開拘留室內門，走到曹萬里面前。

「曹大哥？曹大哥？」

曹萬里目光顫抖，逐漸凝聚焦點。「你……」

我走到他的身後，雙掌緊貼他的肩膀，運功助他驅逐體內藥物。「曹大哥現在應該知道，一切都是吳子明的陰謀。」

曹萬里緩緩搖頭：「就算……是這樣，我哥哥……還是死在……你手上。」

「這一點我難辭其咎。」我時間不多，加催道法，曹萬里額頭冒出冷汗，四肢不住顫抖。「今天我來救你，當然不是爲了往日恩怨。要跟我一起對付魔頭爲禍台灣，還是爲了私人恩怨跟我一決高下？總之你必須盡快決定。」

曹萬里大喝一聲，猛然站起，手銬跟鐵椅當場化爲碎片。他轉過身與我怒目相對，眼中彷彿就要噴出火來。我凝視他的目光，看不出他的心意，說道：「要報仇，你沒有勝算；少了我，你也絕對對付不了吳子明。希望曹大哥暫時將個人恩怨擺在一邊，以大局爲重。」

曹萬里大口喘氣，還在思考，雙燕的聲音又在耳邊響起。「快點。剛剛未經授權開啓拘留室外門已經被發現。現在有一組警衛朝你們前進。」

「警衛就要來了。我們沒時間了。」我道。

曹萬里狠狠搖頭，問道：「你想我怎麼做？」

「逃離此地，引開他們注意。這樣就夠了。」

曹萬里走到門口，回頭說道：「我會再找你算帳的。」

我點頭。「我隨時等你。」

他離開拘留室，出了外門，走廊上隨之傳來一陣槍響，接著又是法術爆破的聲音。我在尖銳的警報聲中鎖上拘留室內門。一手貼上牆壁，說道：「雙燕，通風管線？」

「向右三公尺。」

我向右移動三公尺，一拳揮下，在牆上打出一條大洞。「調出布線圖了嗎？」

「你走就是了。」

我爬入通風管線之中，根據雙燕的指引在狹小的通道內左轉右彎，三分鐘後來到西側三號走廊，也就是陳天雲辦公室所在的走廊。雙燕確定附近沒人後，我拉開通風口，自天花板上探出頭來，看向走廊兩側擺設的許多鏡子。

雙燕說：「這就是金光陣？」

「是。」我仔細觀察，確定三年來金光陣沒有遭人動過手腳。「此陣在封神演義的年代曾由金光聖母設下，一經催動，二十一面金鏡就會發出雷鳴，綻放金光，任何被此光照耀之人都會化作血水。」

「這麼厲害？」

「不厲害一點擋不住他們的。」我逐一計算每面鏡子的角度，於腦中回憶金光陣的死角。「當年破陣的是廣成子。他靠八卦仙衣遮擋金光，再以翻天印擊碎金鏡。天地戰警握有翻天印，卻沒有八卦仙衣，所以他們一直沒能破陣。吳子明道法大進，只要能在陣中忍耐一時半刻，終會有辦法破陣的。」我說完看準死角，飄然落地。

「你不會引動金光陣？」

「金光陣共有七個死角，踏於其上就不會引動。死角根據鏡子擺設角度計算，只有布陣之人知道。」我說著幾個起落，已經跳到第六個死角。「等我進去之後，妳就離開青邨。是非之地，少待一刻總是好……」

話沒說完，雙燕叫道：「小心身後！」我連忙轉身，只見頭上一台攝影機中伸出一條男人的手臂。我不假思索，出拳迎上。對方手掌一翻，抓住我的手腕。我只覺頭昏眼花，腳步虛浮，整個人離地而起，當場竄入監視器之中。

一堆電子線路在我眼前飄過，接著我著地一落，摔在堅硬的石板地上。我翻身而起，左手上，右手下，全身綻放火氣，守禦得水瀉不通。鬧完之後，我定睛一看，發現眼前架設許多電腦螢幕，桌上擺有許多外帶餐盒，一名中年男子坐在電腦前，不動聲色地直視著我，正是博愛區大同洞的大同眞君。眞君什麼也不說，只是默默地看著我，眼中隱隱浮現痛苦之情，顯然是不知該如何面對自己的愛徒。

我放下雙掌，收斂火氣，說道：「師父……」

大同眞君「哼」的一聲：「天雲眞人何必多禮？如此稱呼，我承受不起。」

我雙腳一屈，當場下跪。

「師父。徒兒不孝，直到今日才尋回往日記憶，自然認您作師父。」

眞君語氣依然冷淡。「既然尋回記憶，幹嘛不恢復本來面貌？」

「弟子……」我微微遲疑，說道：「弟子不願意恢復，弟子不想再當陳天雲。」

「既然不想再當陳天雲，那就是不認我作師父了。」大同眞君語氣嚴厲。「錢先生藝高人膽大，竟在光天化日下隻身獨闖天地戰警，是不把我們台灣修煉界的人物放在眼裡嗎？」

「師父明鑑，一切一切，都是吳子明的陰謀！」

「住口！」大同眞君大怒。「大丈夫敢做敢當！你坦蕩蕩地認了，我還顧念舊情……你這樣……你這樣……」他臉上的肌肉不斷抖動，毛髮根根豎起。「爲師……爲師的心好痛，你知道嗎？」

我心中一酸，眼中泛淚。「唐僧肉是吳子明偷的。此刻他道法大進，開過法眼的人都看得出來。師父……不要再繼續待在象牙塔中了……」

「若不是徒弟一個比一個不爭氣，我怎會萬念俱灰，淪落到在此閉關的地步？你說！你說說看呀！」他站起身來，脫掉西裝，指著我的鼻子說道：「子明道法如何，我看不到；你一夜之間道法精進，我倒是瞧得明白。不必多說，今天只要你能從我這大同洞裡走出去，要幹什麼我都不會再去攔你。」

大同眞君右手往背後一伸，就聽見「錚」的一聲，手裡已經多了一把黃澄澄的大同劍。

我惶恐至極，低頭說道：「弟子不敢跟師父動手。」

「你不動手，那就受死吧！」

大同眞君人劍合一，化作一道劍光直刺而來。此劍又快又勁，威力無窮，帶來前所未有的壓迫感，幾乎逼得我喘不過氣來。我心驚膽跳，說什麼也不敢不動手，本能地翻身而起，連滾帶爬地向一旁避開。就聽見刷的一聲，我的背心涼颼颼地，一大塊布已不翼而飛。

我冷汗直流，不敢怠慢，正想要說些什麼，卻發現大同眞君已經迴劍而來，絲毫不給我任何喘息機會。看來對他而言，跟我過招算是天地間最凶險的事情，一點也不敢鬆懈。我左閃右躲，每一劍都險險避過。走上十招之後，身上已經衣衫破碎，血跡斑斑。雖然都是皮外傷，但是再繼續這樣下去總不是辦法。只可惜每避一劍都需要花費我全副精力，根本沒有機會靜下心來思考對策。

正作沒理會處，耳中突然傳來雙燕的聲音。「靠到螢幕那邊去。」

我不假思索，立刻照她的話做。三劍之後，我背靠在一台螢幕前，不知道接下來該如何是好。突然我背上一緊，已經讓從螢幕中伸出的玉手抓個正著。我身體再度離地而起，竄入螢幕之中，然而就在此時，大同眞君走到隔壁另一台螢幕前，一把伸入螢幕之中，硬生生地將雙燕給抓了進來。

雙燕跟我擦身而過，驚鴻一瞥，嫣然一笑，簡直在跟我做最後的告別。我大吃一驚，出手想要抓她，身體卻已離開大同洞，墜回金光陣中。我翻身爬起，看準監視器又要衝去，卻聽見啪擦一聲，監視器爆出火光，鏡頭已經損毀。

「雙燕！雙燕！」我不斷拍打耳中耳麥，急切地叫喚她的名字，卻聽見耳中傳來大同眞君的聲音。

「妖孽，妳竟敢捨身救這魔頭？」

「眞君說話必須算話。你說只要他能走出大同洞，你就不再管他。」

「妳……」

「眞君放過他吧，小妹願以一死抵命。」

「那妳就去死吧！」

嘶……

我的耳中只剩下一陣雜音，數秒之後，雜音消散，什麼都聽不見了。我咬緊下唇，渾身發抖，淚水決堤，腦中紊亂。事情不該是這個樣子。我應該挺身而出，擊倒師父，這樣雙燕就不會落到這個下場……但是……師父豈是我說擊倒就能擊倒的？我如果連師父都對付不了，要怎麼對付吳子明？我……我不能繼續侷限陳天雲這個身分。我不能繼續顧念舊情。我必須投入博識眞人的話，將這一切當作虛構世界，免除個人感情。不然我成不了事的。

但是能夠做到不念舊情，我還能算是個人嗎？我跟吳子明又有什麼分別？

我腦後寒毛豎起，一股殺氣到來。我急忙轉身，只見劍光四起，避無可避。我雙掌一推，凝聚賽飛羅擋在身前。就聽見轟然一聲巨響，身體在強烈撞擊下騰空而起，撞穿身後房門，跌入陳天雲的辦公室中。我爬起身來，拍拍破碎的衣衫，透過門框瞪視站在走廊另一邊的吳子明。

「道德天師呢？」我冷冷問道。

吳子明哈哈大笑，右腳一提，將軟癱在地的道德天師舉在手中。「現在還沒死。只要你交出莎翁之筆，我就饒他一命。」

我看看道德天師，又看了看他，說道：「等你破了金光陣再說。」說完催動陣法，走廊上金光大作，雷聲隆隆，再也聽不見吳子明的話，看不見他的身影。

我轉過身去，走到我的辦公桌前，拔下連接電腦上的鍵盤，自抽屜裡取出另一塊陳舊的鍵盤插上，然後開啓電腦。鍵盤上的小綠燈一亮，回憶立刻從我腦中爬出。那是屬於眞實世界的記憶，不爲人知的記憶，證明博識眞人所言不假的記憶，再度顚覆我的身分的記憶。那一瞬間，我明白了一切，終於知道自己是誰。

莎翁之筆變化無窮，最早時曾以鵝毛筆的形式現世，其後在不同創作者的手中轉化爲鉛筆、蠟筆、炭筆、毛筆、鋼筆、原子筆、水彩筆等。進入電腦年代之後，用筆的人越來越少，創作平台逐漸轉移到電腦上，莎翁之筆偶爾也會以數位筆、觸控筆或是鍵盤的形式現身。我小時候沒下過工夫，字寫得很醜，長大後習慣以電腦打字，所以莎翁之筆就在我手中成爲一塊鍵盤。

雷聲中隱隱傳來玻璃破碎的聲響，顯然吳子明已經祭起翻天印，開始突破金光陣。「來吧，我等你。」我心想。「我一定要讓你爲自己的所作所爲付出代價。」

鏡子越碎越多，金光越來越暗，我終於開始慌了，因爲電腦還在啓動，跑了一分多鐘竟然還沒有跑到登入畫面。我頻頻回頭看向門外的金光，隱約已經可以看見吳子明的影子。登入視窗出現了，我立刻以後門帳號登入。但是登入之後，系統還在慢吞吞地載入預載程式！我額頭上冒出斗大的汗滴，手指不斷抖動。眼看硬碟讀取燈閃動間隔拉長，我立刻移動滑鼠，執行文書處理程式。就在此時，門口金光消逝，許多玻璃碎片對我直灑而來。我雙手離開鍵盤，轉身接下碎片，一看吳子明子已經破了金光陣，笑吟吟地站在辦公室門口。

「好險呀，幸虧讓我趕上了。」吳子明氣息微喘地笑道。「原來以前我老叫你換掉的古董鍵盤就是莎翁之筆呀。」

「機械式的鍵盤打起來才有感覺。」我目光移向被他踩在腳下的道德天師。「天師，你沒事吧？」

「當然有事。」天師氣若游絲。「不過不用管我，趕快殺了這魔頭，爲民除害要緊。」

「弟子盡力而爲。」

吳子明哈哈大笑。「憑你也想殺我？」

我突然移動腳步。吳子明臉色微變。我冷冷一笑，不動聲色。這魔頭今天已經跟博識眞人還有道德天師鬥過法，剛剛又在金光陣中虛耗肉身，此刻道法一定大打折扣。加上我積威已久，在他心中存有一個強大的形象，所以才能令他一時膽怯。既然他不打算貿然動手，我心中倒有一點疑慮。

「爲什麼？」我問。

「爲什麼？」吳子明臉色一沉，笑容盡斂。「打從我修道以來，斬過七百八十頭妖孽，救過五百六十個家庭，摧毀過三台末日武器，阻止過兩次啓示錄浩劫。我活得心安理得，對自己的一生非常滿足。我是台灣人民的大英雄，世界少了我，將會變成一個黑暗之地。結果呢？突然冒出一個人，告訴我這一切都不是眞的。我不是眞的，我除的妖不是眞的，救的人也不是眞的。這個世界以及其中的一切通通都是假的！」

「你難道不曾因爲人們的感激而感動嗎？難道不曾因爲人們的笑容而欣喜嗎？這個世界夠眞實了。」

「眞實？虧你說得出口！」吳子明語氣激動。「高鐵左營站過去長什麼樣子你難道沒看到嗎？墾丁在哪裡？你倒是去給我看看！左營以南的台灣是一片荒蕪啊！爲什麼？只因爲作者沒寫到！我去過大陸，待過上海跟北京，但是我去不了長沙，到不了桂林。爲什麼？因爲班機客滿，汽車沒油。因爲這個世界不讓我去。當我不死心，硬要走去的時候，你知道我看到什麼了？」他深深地吸了一口氣，說道：「永無止盡的漆黑，彷彿通往地獄的道路。」

我張嘴欲言，卻不知道能說什麼。

「所以我要進入眞實世界，成爲眞正的人。」他神采洋溢，充滿希望。「我要打倒眞正的邪惡，拯救眞正的生命。我可以爲世界帶來希望，帶來光芒。我不應該被侷限在這個虛幻的地方。」

我搖頭：「你的道法只有在這個世界有用。離開這裡，你就只是一個普通人。」

「那是你的看法。」他的聲音充滿自信。「但是我認爲，眞實世界裡既然能夠存有莎翁之筆這種東西，修煉道術絕對沒有不存在的道理。」

我愣了愣，說道：「就算你對。但是你爲了進入眞實世界而殺這麼多人，怎麼樣也說不過去。」

「這些都不是眞人。我殺得心安理得。」

「你的心靈扭曲、道德淪喪。」我說。「而且你還想殺我。我總是眞人了吧？」

他伸手指著我的腦袋。「你是大魔頭。除掉你乃是我輩之人份所應爲。」

「哼，講不出道理就給人扣帽子、貼標籤。看來我這個大魔頭是當定了。」我目光移向鍵盤，心知自己不可能在他動手前寫下足夠的描述。「我只有一個問題。是誰告訴你莎翁之筆的祕密？」

「幹嘛？除掉我之後，還想去除掉她？」

「我是這麼打算。」

「哼哼……」他冷笑。「那要先有本事除掉我才行。」他右腳後踼，將道德天師踹到門外。「來吧。」

我掌中運氣，化出道德天師的桃木劍。「台灣出了你這個大魔頭，死的人可多了。」不知道爲什麼，我就是有一股想說老派台詞的衝動。「受死吧！」

他十指運起無形劍氣，自四面八方竄來。所謂力分則弱，這十道劍氣雖然令我眼花撩亂，但還不如適才對抗大同眞君的一道劍氣來得可怕。我前閃後躲，迴劍格擋，剎那間辦公室傳出一連串巨響。我料得沒錯，吳子明受了傷，力量不比神完氣足之時，但是我身上也是大小傷痕無數，比起他來根本好不到哪去。鬥得幾劍之後，他已然察覺力分而弱的缺點，隨即收指成掌，十劍化雙刀，攻勢登時霸道起來。我左右支絀，虎口迸裂，鮮血長流，眼看再擋幾下就要木劍脫手。我心知不是對手，於是把心一橫，假裝氣息窒礙，故意賣個破綻，露出胸口好大一個空檔。吳子明一看機不可失，右掌中門直進，直挺挺地插入我的心口。

「哈哈哈哈……」吳子明一聲長笑，還沒開口囂張，聲音已經啞了。因爲我一把抓住他的後頸，死命一拉，就在他手刀自我後背爆出的同時，我的桃木劍也刺穿了他的心臟。

我倆同時噴出鮮血，濺紅對方臉龐。吳子明先是一臉錯愕，接著滿臉歡暢。「哈哈哈哈哈……」他笑完又咳了一口血，說道：「蠢材，你不過是白白賠上一條性命！這是唐僧之心，又不是我的心臟。你就算把它刺爛了，也不能把我怎麼樣。」

「那麼這一顆總是你的心臟了吧？」

我跟吳子明同時看向門口，只見大同眞君跟雙燕並肩而立，就連道德天師也背靠著牆壁坐起身來。大同眞君一手舉在臉旁，手中握有一顆緩緩跳動的人心。

「師父！雙燕！」我喜形於色。

「師……師父……你怎麼……」吳子明語音顫抖，心生恐懼。

「哼，」大同眞君冷笑一聲。「我早就知道你在暗中監視，乾脆順水推舟，作出一場好戲。若不跟天雲性命相搏，又怎能騙得過你這畜牲？」

「但是……我的心……」

「蠢材，憑我跟雙燕姑娘聯手，還有什麼找不出來的東西？」眞君手掌一緊，吳子明心口大痛，臉上立刻露出痛苦神情。「況且你藏在天地戰警裡，根本不費吹灰之力。」

吳子明恐懼的眼中突然泛出淚光。「爲什麼？爲什麼你老是要幫他？爲什麼不肯站在我這一邊？陳天雲到底哪裡比我好？」

「這還用問嗎？」眞君搖搖頭，高舉心臟。「你捨棄了自己的心呀。」

我掌心出力，桃木劍脫手，自吳子明後背穿出，飛越辦公室，釘在大同眞君手中的心臟上。吳子明大叫一聲，拔出插在我胸口中的手掌，雙手緊抱胸前，整個人摔倒在地，再也動彈不得。

我右手一舉，大同眞君將桃木劍連帶插於其上的心臟一併丟入我手中。我上前一步，雙腳横跨吳子明胸口，跪下身去，將桃木劍跟心臟舉在他的眼前。

吳子明看著我胸口的大洞，神情痛苦地問道：「爲什麼？你爲什麼還沒死？」

「一天下來，我已經聽了好多人說過我不是自己所想的那個人。現在該我了。」我湊到他的面前，說道：「我之所以沒死，是因爲我不是你想像中的那個人。我不是錢曉書，不是陳天雲，甚至不是博識眞人口中的天地戰警作者。」

吳子明神色茫然。「你到底是誰？」

「我是你最深沉的惡夢，追殺狂徒的死神。我隨時留意莎翁之筆的動向、歷任持有者的人品、精神狀況，以及所有筆世界中的異常動態。當年你一得知筆世界的祕密，我就已經知道天地戰警的世界有鬼。只是你行事低調神祕，我沒有辦法查出你的身分。爲了作者性命安全著想，我跟他調換身分，化作陳天雲進來查案。想不到道高一尺，魔高一丈，我竟然受你暗算，失去了記憶，一直搞到三年後的今天才終於揪出你來。」

「你……你就是她跟我警告過的守護者。」

「告訴我，她是誰？」

吳子明滿臉凶狠。「我寧死也不會告訴你。」

我側頭看了看他，發現他的意念堅定異常。「你知道嗎，我相信你。」說著我右手一抖，將心臟一分爲二。吳子明張大嘴巴，呼出最後一口氣息，隨即氣絕身亡。

我站起身來，看著他失去光彩的雙眼一會兒，然後轉頭面對門口。「師父，天師，雙燕，你們沒事吧？」

三人同時點頭，卻沒有一個移動腳步向我靠近。道德天師搖了搖頭，問道：「你現在打算怎麼辦？」

「天師是在問……」

道德天師道：「我們三個都知道莎翁之筆的祕密了。你要連我們一併除去嗎？」

我微笑搖頭。「我怎麼會做這種事呢？每個人心裡都有不爲人知的祕密，並不表示人人都喜歡見人就說呀。再說，不管你們怎麼講，這裡的人也未必會信。」

「你相信我們不會跟吳子明一樣想要出去？」

「三位是正派之人，又不是邪魔歪道。」我說著走到電腦前。「不過如果三位擔心的話，我可以將這件事從頭到尾通通抹除。」我利用莎翁之筆打下一段敘述。「只要按下輸入鍵就可以了。要嗎？」

他們三人相互對看，同時搖頭。

「我也這麼想。」我說著刪掉剛剛打下的字句。「經過這次事件之後，我認爲玩弄他人記憶是很要不得的一件事。」

「那麼接下來呢？」

「我在這裡該辦的事已經辦完，立刻就會離開。」我微微一笑。「下次各位再見到陳天雲的時候，就已經不是我了。」

「眞是太可惜了。」道德天師爬起身來，步入走廊。「可惜我逸仙直銷又得另外找人啦。錢老闆，多保重呀。」

「張經理保重。」

大同眞君對我拱手抱拳。「相逢自是有緣。錢先生，你我雖然沒有師徒的緣分，不過還是很高興認識你。保重。」

「眞君保重。」

大同眞君接著離去。斗室之中，就只剩下我跟雙燕。

雙燕嘆了一口氣，問道：「你就要走了？」

我點頭。「是。」

「此後再也見不到你了嗎？」

「妳還是能見到陳天雲。」

「但他不會是你。」

我停頓片刻，搖頭道：「不，不會是我。他可能會是作者本人，也可能是讀者的意念所化。每次出現，他的相貌都不會一樣，但是你們並不會察覺到任何不同。」

雙燕直言道：「我會想你的。」

我看著她，心下感動：「我也會。」

「而你並不打算回來看我？」

我答不出來，只能默默地看著她。我很想告訴她，自己從來不跟虛構人物交往；很想告訴她，我不敢把感情留在虛構的世界之中。我不想告訴她我們是一場錯誤，只因爲我失去記憶，忘掉自己的原則，所以才會毫無保留地愛上她。因爲我愛她，所以我不能回來看她。這樣對她不公平，對我也難受，因爲我將沒有辦法擺脫玩弄她的罪惡感。

「或許吧，看看日後有沒有機會。」我微笑說道，盡量讓語氣聽來真誠。

「我會等你的。」

這句話讓我忘卻了呼吸。我看著她眼中的淚光，壓抑著自己的情感。過了一會兒，我低下頭去，輕聲問道：「妳確定不要我……抹除妳的記憶？」

流滿淚痕的臉上露出燦爛的笑容：「不用了。就讓我變成這個故事中，那個等待愛人歸來的小燕子好了。或許這樣的角色可以在讀者心中留下淡淡的哀戚。」

「我想一定可以的。」我轉過身去，面對電腦跟鍵盤。「一定可以的。」

雙燕來到我的身邊，環抱我的後頸，在我嘴上深深一吻。她的嘴唇就跟淚水一樣火熱，但是我卻已經開始感受等待愛人歸來的燕子心中那股淡淡的哀戚。

她鬆開手，放開唇，微微哽咽之中說道：「留下一滴眼淚給我，行嗎？」

一滴眼淚毫無窒礙地流出我的眼眶，墜入掌心之中。我道力凝聚，眼淚閃閃發光，永遠不會乾枯。

「這是我的眼淚。」我將眼淚放入她的掌心。「蘊含了妳我之間的回憶，刻骨銘心的情感。希望它能滋潤妳的心靈，讓妳繼續……邁向更美好的人生。」

她將眼淚放在心口，眼淚隨即融入內心。她點了點頭，面帶滿足的笑容，對我說道：「謝謝你，我很快樂。」

我本想等她離去，然後再離開。但是看到她的眼神，我知道，她一定會在這裡凝視著我，直到最後一刻。我在鍵盤上打下「回家」二字，回頭看著雙燕。

「我走了。」

「嗯。」

我揮揮手，按下輸入鍵，跟鍵盤一同消失在辦公室中。

《筆世界1　莎翁之筆》完

後記

《莎翁之筆》是一個現代都會奇幻故事，奠基在兩岸分裂的大時代背景之中。很久很久以前，我就非常喜歡國共戰爭的那個年代，那種新舊交替的情況，所有人都面對不得不然的改變，傳統的文化和價值必須想辦法跟上時代，今日的悲劇是爲了造就更好的明天。

我對那個年代的愛好，當然不是出於歷史教科書，而是來自我年輕時候華文創作的科幻主流，倪匡先生筆下角色的眾多劇情發展中的一條主線。第一次看到倪匡先生描寫中國傳統幫會的江湖人物不得不在大時代船堅砲利的發展下退出時代潮流的情節時，我幼小的心靈中當眞感到極大的震撼。於是十幾年後，當我也有能力將心裡的構想化作通俗小說時，一大批隨著故宮文物一同撤退來台的中國法寶就很自然地出現在我腦海之中。

中國神話，其實是個沒有一般人認知中那麼傳統的東西。當然這裡所謂的神話是指盤古闢地、女媧補天那個年代的神話。前幾年爲了撰寫一個故事而重讀了一些中國神話，結果十分驚訝地發現中國神話和我印象中完全不同，反而跟世界各地的神話，比方說希臘神話，都有許多異曲同工之妙。讀《西遊記》，其中包含了許多人格典型的表現以及天地運行的道理；讀《封神演義》，書裡的幻想情節幾乎到了超凡入聖的地步。我怪罪聯考制度，讓這些文學經典變成有害身心的課外讀物。長輩認定這類閒書乃是荒誕不經的鬼打架爛書，我們成長的過程裡也只好接受這樣的觀念。只是我必須說，能在中國這樣一個博大精深，淵遠流長的文化中流傳下來的經典文學怎麼可能荒誕不經到哪裡去？沒讀過這些書籍，你絕對不知道你錯過什麼。

當然，《莎翁之筆》只是奠基在這兩個背景之下，利用它們來營造感覺，並沒有深入接觸這兩個題材。這是一個都會奇幻故事，寫作的重點抓在節奏明快，引人入勝，出人意表，激發讀者想像力，讓人身入其境幾個重點上。如果你看完之後心裡確實出現了以上感覺，其實也沒什麼好說嘴的，畢竟擁有這些特點才夠資格成為用莎翁之筆這種法寶所寫出的故事。

本系列故事目前暫定四集，每一集都設定在截然不同的背景中。整個故事另有主線，已經隱藏在《莎翁之筆》的結尾處。希望各位讀者願意享受這個系列，繼續遨遊書裡乾坤，與我一同探索想像力的極限。

戚建邦，二〇〇九年四月十九日，台北

下集預告

筆世界 *vol. 2*

《反物質神杖》

一個親眼目睹自己粉身碎骨的平凡女性；
一個難以克制殘殺欲望的驚悚小說作者。
任何事情只要過於沉迷就會導致不好的結果，
而今晚沉迷筆世界的案例一個一個出現在我面前。

我必須阻止一個連續殺人魔繼續犯案，
並且幫助認知錯亂的女人找回她的人生。
就跟往常一樣，事情一發不可收拾，
在我終於有機會靜下心來喝杯茶之前，
守門人竟然面不改色地宣布我必須參與一場奪寶大戰，
找尋一把名叫「反物質神杖」法器。

或許我沒告訴過你，我最怕科幻故事了……

筆世界第二集　敬請期待

國家圖書館出版品預行編目資料

莎翁之筆／戚建邦 著.——初版.
——台北市：蓋亞文化，2009.05
面； 公分.——（筆世界；1）
ISBN 978-986-6473-12-8（平裝）

857.83 98005680

悅讀館 RE080

筆世界 vol. 1
莎翁之筆

作者／戚建邦
插畫／AKRU
封面設計／克里斯
企劃編輯／魔豆工作室
電子信箱◎thebeans@ms45.hinet.net
出版社／蓋亞文化有限公司
地址◎ 台北市103赤峰街41巷7號1樓
電話◎（02）25585438 傳眞◎（02）25585439
網址◎ www.gaeabooks.com.tw
電子信箱◎ gaea@gaeabooks.com.tw
投稿信箱◎ editor@gaeabooks.com.tw
郵撥帳號◎19769541 戶名：蓋亞文化有限公司
總經銷／聯合發行股份有限公司
地址◎ 台北縣新店市寶橋路二三五巷六弄六號二樓
電話◎（02）29178022 傳眞◎（02）29156275
港澳地區／一代匯集
電話◎（852）27838102 傳眞◎（852）23960050
初版一刷／2009年05月
定價／新台幣 220 元
Printed in Taiwan

GAEA
ISBN／978-986-6473-12-8